西尾維新

十二大戰
對
十二大戰

中村光

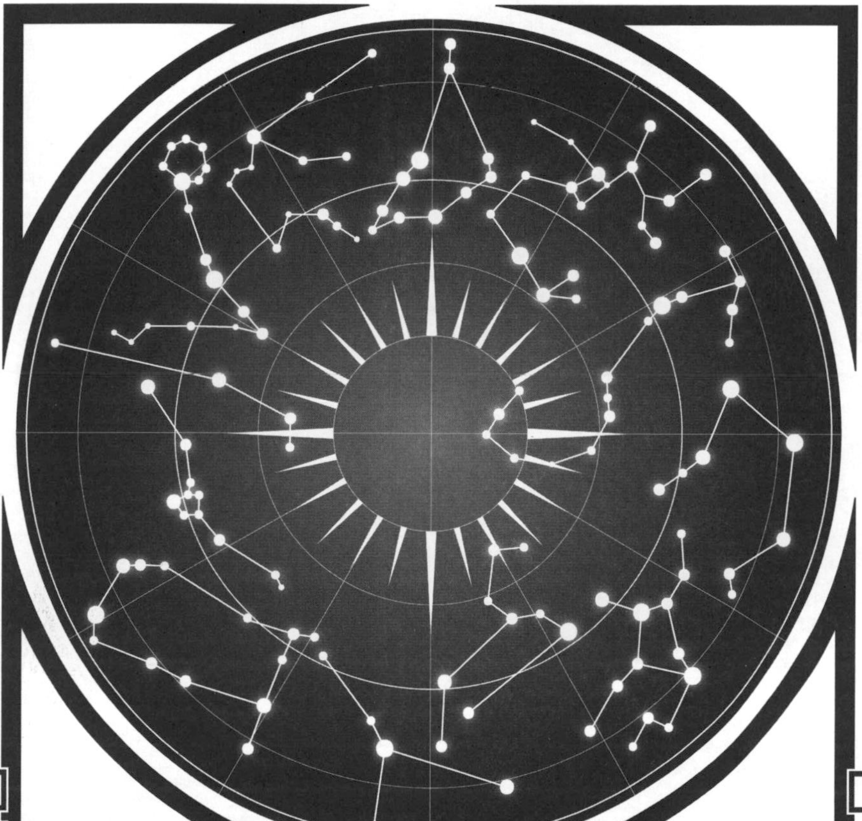

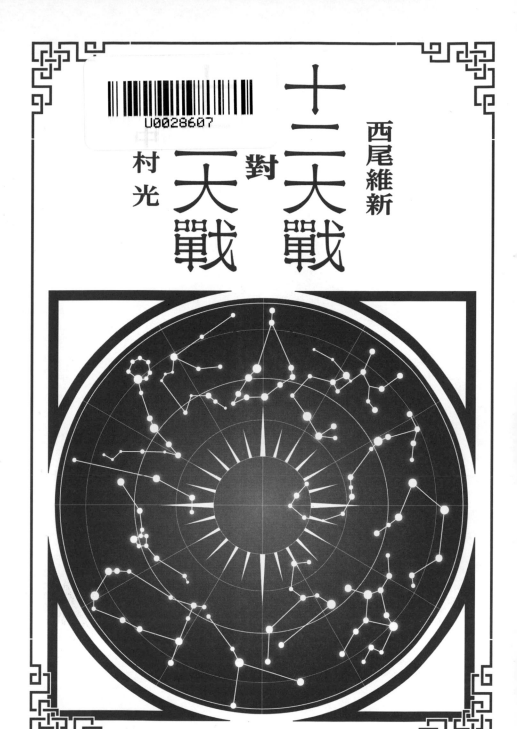

十二大戰對十二大戰　目錄

第一戰

歧路亡羊

本名梅蘭德·雪莉。四月四日出生。身高一五五公分，體重四十五公斤。罪名：虐待俘虜。父親是世界頂尖服飾品牌老闆，母親是一流模特兒。她認為得天獨厚的自己一定要對這個世界有所回饋，在這份強烈使命感的驅使之下，未滿十五歲就志願上戰場擔任義工。在海拔遠高於森林臨界線的高地戰場，她致力希望至少能將保暖的毛衣提供給為國奮戰的英勇官兵們，但是在預先準備的羊毛用盡時，她殺害敵國俘虜，將毛髮、皮膚、肌肉與內臟這些當地取得的材料都用來縫製防寒衣贈送給官兵們，成為撼動中央政府與國際社會的嚴重問題。怎麼這樣，各位都沒看過《羅生門》嗎？而且這些防寒衣也毫不保留提供給好不容易倖存的俘虜，這份無窮無盡的善意居然被批判是虐待。身為戰士的特性，一言以蔽之就是催眠術。能在一百秒以內讓任何敵人入睡。曾經拗不過母親的邀請擔任讀者模特兒，當時由於無法忍受害羞難為情的感覺，所以自掏腰包將當期雜誌全部買下。

1

「『牡羊』之戰犯——友善綿羊」、「『金牛』之戰犯——非我莫視」、「『雙子』之戰犯——雙生之心」、「『巨蟹』之戰犯——河蟹專家」、「『獅子』之戰犯——雄獅公子」、「『處女』之戰犯——鋼鐵侍女」、「『天秤』之戰犯——史爵士」、「『天蠍』之戰犯——蹦髑髏」、「『射手』之戰犯——無上射手」、「『摩羯』之戰犯——天堂嚮導」、「『水瓶』之戰犯——傀儡瓶」、「『雙魚』之戰犯——終結醫師」。

「以上是十二名戰爭罪犯，也就是十二星座之戰犯。你們挑戰的本屆——第十二屆十二大戰的主題，就是要抓住這些戰犯。紳士淑女的戰士們，請盡情締結羈絆，團結一致面對本次的大戰，祈禱本次的勝利吧。Everybody, clap your hands!」

2

這座海上都市，即使是集結最先進工學技術建立的人造島，密密麻麻設置在地表的，卻是傾盡全世界權力與財力收集的古老巨大建築物與古代遺跡，還有連根挖掘移植的原生林或飽受破壞的化石山，雜亂無章到不予置評。講好聽一點如同博物館，用不著講難聽一點，平心而論就是品味低劣的拼湊式立體透視模型。主辦十二大戰的「有力者」一角，為了保護人類遺產不被連續爆發的戰爭傷害而計畫建立這座海上都市，所以這裡當然沒刊登在地圖上。不提文化層面，在倫理層面也實在不能刊登。零人口的這座島上，如今聚集了十二人，集結了十二名戰士。他們集結在位於島嶼中央，同樣是從某處所移建歐風城堡內部豪華誇張的大舞廳。然而場中的華麗氣氛只顯得虛偽不實，十二人像是相互牽制般敏感保持距離。與其說是相互牽制，或許說他們待在這裡莫名覺得不太自在比較正確。（這是當然的，因為原本以為聚集在這裡是為了相互廝殺，卻要我們「攜手和睦相處」啊……）寢住這麼想。「子鼠」之戰士寢住。恐怕是在場十二人之中最年輕的戰士。

「——總之，先來個自我介紹吧？雖然沒規定時限，但一直發呆也沒用吧？天都要黑了。還是說，這當中有夜貓子？」在互探虛實的氣氛中，某人刻意露出消遣般的笑容這麼提議。「又不是被蛇瞪的青蛙，這樣互瞪也顯然毫無意義。剛才話講完就忽然不見蹤影，自稱評審的那個高帽大叔講的如果是真的，那我們十二生肖的戰士只有這次必須組隊吧？」（……斷罪兄弟中的弟弟嗎？）無須對方自我介紹，正在強忍睡意的寢住就確定他的身分。之所以知道斷罪小弟，並不是因為他有名。他和站在旁邊的雙胞胎哥哥斷罪大哥，真要說的話都是藏身於黑暗的那種戰士。要不是進行十二大戰，兩人都不會曝光。即使如此，寢住依然對這對雙胞胎熟悉到足以辨別誰是誰，因為寢住不是在別的戰場，而是在別的世界軸和他們交戰過。大概打過四十五次。（雖然感謝他們打破僵局……但是抱著半胡鬧半打趣的心態主導……也令人頭痛吧……）

彷彿奇蹟的這個世界軸，寢住不希望被人亂來而搞砸。可以的話，希望是「申」之戰士砂粒這樣的人來主導大局——寢住朝她看去，這位名聞遐邇，在戰場上無人不知的極度和平主義者，反而位於眾人的外圍。和剛才確認過的位置相比還後退了一步。（她察覺到什麼了嗎……？不，沒這回事……絕對沒有……）寢住希望沒這回事。想相信沒這回事。因為這是起死回生的孤注一擲。進一步來說只是歪打正著的奇蹟——正因如此，所以寢住想要珍惜這份可能性。第十二屆十二大戰……將這種荒唐活動逼到中止的機會，雖然不是絕對不能放過，但是不能放過。

3

十二大戰。這場大戰的勝利者可以實現一個願望，而且任何願望都能實現，是十二生肖戰士的代理戰爭——死都不想參加這種愚蠢戰鬥，卻也不想真正死掉的戰士寢住，費盡全力迴避每十二年一次的這場鬧劇。具體來說，他收到戰爭「邀請函」的瞬間，就毫不客氣盡情使用對於機率世界的干涉力「百點滑鼠」——同時體驗一百種機率世界的這項戰鬥技術，他只為了迴避戰鬥而使用。甚至做出將一百條路線各自再分歧為一百條的亂來行為——雖然不知道之後會引發何種副作用，但如果是為了迴避戰爭，今後的事他可不想管那麼多。他的嘗試大多是白費力氣。說起來，一個人的面前不會出現那麼多選項——同時行走在一百條路線的技能終究只是理想值，無論再怎麼掙扎，十二生肖的戰士依然會相互廝殺。某次是「丑」之戰士勝利。還有某次是「寅」之戰士勝利。還有還有某次是「卯」之戰士勝利。還有還有還有某次是「辰」之戰士勝利。還有還有還有還有某次是「巳」之戰士勝利。還有還有還有還有還有某次是「午」之戰士勝利。還有還有還有還有還有還有還有某次是「未」之戰士勝利。還有還有還有還有還有還有某次是「申」之戰士勝利。還有還有還有還有還有還有還有某次是「酉」之戰士勝利。還有還有還有還有還有還有還有還有某次是「戌」之戰士勝利。還有還有還有還有還有還有還有還有還有還有某次是「亥」的戰士勝利。而且還有某次——大概每一百次有一次是「子」之戰士，也就是寢住獲勝，不過能迴避戰爭的路線推測應該不存在。

除了這條路線。

不知道是什麼東西變成怎樣才分歧到如此瘋狂的路線。與其說不明，應該說意味不明。以「百點滑鼠」的觀點，形容為平行世界不夠正確，即使真是如此，「平行」也是怪異到超過極限的角度。到底是「子」之戰士進行何種選擇、何種行動而奏效——不對，肯定沒有奏效這種事。（該說是胡亂輸入指令導致出錯嗎……應該說是遊戲規則書的誤植或裝訂錯誤吧……有夠無聊的平凡失誤。因為我使用能力……過度使用能力，使得「百點滑鼠」的一百個選項出現第一百零一個選項。）他不認為這是能力的成長。無法這麼認為。連副作用都不算。反倒是致命的BUG，甚至是毀滅性的問題——在不久的將來，大概會有躲不掉的陷阱在等待。即使如此，即使明白是這麼回事，這個可能性——這條路線也過於迷人，令人不得不追求——不得不沉溺。（十二戰士沒有相互廝殺，甚至同心協力打擊罪犯的路線——這不叫奇蹟要叫什麼？）

4

「那個看起來很不負責任的評審——叫做杜碟凱普的傢伙，記得他是這麼說的。『不問生死，只要抓完十二星座的戰犯，你們十二戰士所有人的願望都會得以實現。』——雖然表現得很大方，但是也因而完全不能信賴。你們不這麼認為嗎？」「丑」之戰士失井這麼說——他的發言幾乎無視於「巳」之戰士斷罪小弟的主導，不過曾經在其他世界和他廝殺的寢住知道，這確實符合他我行我素的調調。鋼鐵般的我行我素。如果他不是「趕盡殺絕的天才」，好戰的斷罪兄弟絕對不會悶不吭聲吧——不過，同樣也沒人回答他的疑問。確實，讓唯一的優勝者實現唯一的願望，這才叫做十二大戰——這是基軸，也是主軸，雖說十二大戰每次都要改變規則的主題因而達成，但若所有參加者的願望都能實現，那麼幾乎是本末倒置。十二大戰的意義——進而包括營運團隊的能力不免都會遭到質疑。不只是大方的程度，甚至算是予取予求。這麼一來簡直是慈善事業。（選擇這個機率世界的是「我」……但是連我這個當事人都搞不懂……那個評審究竟在打什麼主意？）自稱杜碟凱普，年過半百的那名男性——這肯定不是本名，是假名，而且真要說的話，他是否年過半百也很可疑，進一步來說甚至不確定是不是男性，不過為求方便就當他是半百男性，暫定稱他是杜碟凱普——以及應該在他背後操控的「十二大戰營運委員會」，他們的意圖令人猜不透。（當然，前提是這種組織真實存在……）他們為什麼要讓十二戰士並肩戰鬥？不惜這麼做也要抓到十二戰犯？匪夷所思。（只不過，齊聚在這裡的十二戰士，不一定都是不明就裡就來到這裡——或許有哪個傢伙知道內情卻不說。）尤其是在眾人圈子外圍，不自然地保持沉默的和平主義者——「申」之戰士砂粒，寢住不認為她沒預先取得任何情報就待在這裡……她的立場和寢住不同（差太多了），但在每一條世界軸都是努力想逼使十二大戰中止的「戰爭調停人」。（而且這麼說的話，上次大賽優勝者家系出身，屬於堅持己見之強硬派的「亥」之戰士異能肉，她那麼安分也令我在意……這幾個人或許知道不少內情。）這麼一來，寢住希望他們分享情報當成思考的材料。戰士不會相互廝殺的這條世界軸是反常中的反常沒錯，但這條路線是否是容易存活的路線就是另一個問題。這確實不是正規的十二大戰——然而，非正規的十二大戰沒道理一定比正規的十二大戰更人道又充滿慈愛。應該說正常來想，異常的十二大戰更可能迎接異常的結局吧。（極端來說，提出疑問的「丑」之戰士自己也不一定毫無頭緒，因為這個戰士雖然在資訊戰或心理戰不算強，卻擁有非常敏銳的直覺。）寢住不知道被他殺掉多少次。數這種東西毫無意義，而且總之他太強了，寢住在這些敗北絲毫學不到東西——若要說唯一學到的教訓，頂多就是「不可以違抗失井，要低聲下氣討好他」。不過別看他那樣，他實際上是清廉的戰士，所以討好或諂媚只是反效果吧。（啊啊——好睏。干涉力使用過頭了。我真是的，現在也正在別的世界軸被「丑」或「戌」殘殺……這條路線很重要，但其他路線也不能馬虎。同時進行簡直累死我也。總之，這時候暫時觀望嗎……）寢住做出這種消極的判斷。

「哼！荒唐。懶得理你們了，俺要用俺自己的方式去做。」

幾乎在同一時間，「寅」之戰士妬良離開大廳……她腳步搖搖晃晃，像是喝醉酒般蹣跚，速度卻奇妙地快，足以打破場中固定的均衡狀態，沒有人能阻止她離去。所有人對此好像都備感驚訝——因為這等於眾英傑都中了她的冷箭。（但我沒嚇到就是了。）使用醉拳的戰士妬良——雖然如剛才所見完全感覺不出來，不過她的拳腳功夫首屈一指。

這麼說來，記得那傢伙和失井大爺有段過節……）或許正因如此，「丑」之戰士的詢問才會令她情緒變得衝動吧。總之她幾乎在所有世界軸都對「趕盡殺絕的天才」表現出反抗、敵對的態度。這在相互廝殺的世界軸不成問題，唯獨在這條奇蹟路線的世界軸，那種態度令人無法苟同。那個醉鬼的個人主義，會對團體行動的狀況帶來負面影響。

「……………」

正如預料，「午」之戰士迂迂真保持沉默，沒在場中說過任何一句話，就這麼朝著和妬良相反的方向離開——絕對防禦的戰士迂迂真。防禦型的這名巨漢，在整體來說動不動就偏向攻擊的十二戰士隊伍之中會成為最重要的人物。寢住先前打著這種如意算盤，所以迂迂真在這時候離開，對於寢住來說是一大失算。只不過，這次和妬良的狀況不同，雖然不是不可能，但寢住不能出聲慰留。他想避免高調行動。在現在這個狀況，寢住不希望其他戰士知道他的「百點滑鼠」，不能發生這種萬一。（不該說「萬一」，應該說「百一」就是了……）然而要是繼續拖下去，眾人將會接連離去。除去雙胞胎的斷罪兄弟，十二戰士的個性原本就大多不適合聯手戰鬥——這樣下去，即使不會上演相互廝殺的戲碼，打團體戰也依然是痴人說夢話。就在寢住束手無策不知如何是好的時候，就像是要攔阻或斬斷局勢演變，一名戰士開口了。「關於營運的意圖，我們確實不知道細節，但是無論如何，我想和各位合作。在這裡見面也是一種緣分吧？」說話的是「卯」之戰士憂城。

5

「我一直在等待這個機會。和大家一起戰鬥的機會——和大家成為好朋友的機會。我一直一直期待和活生生的人建立活生生的友情。」寢住不認為有哪個戰士把他說的這番話完全當真——「寅」與「午」離開之後，留在大廳的戰士是十人。不，即使場中有一百名戰士，「卯」之戰士奇特的外型也是首屈一指——理所當然。他不是最強的戰士，也不是最受注目的戰士，但是在所有世界軸，在任何規則的十二大戰，他都是最殺戮——殺最多人的戰士。他的殺法只能形容為異質，甚至令人在被殺的時候笑出來——目前在其他世界，一時之間也算不清他總共殺掉多少戰士。只有寢住以「體驗」的形式明白這一點，但是其他戰士也以「體感」的形式共享這種感覺。「畢竟戰爭罪犯這種人原本就不可原諒，除掉這種壞蛋也是我們戰士的重要工作吧？」跳著 Running Man 舞步繼續說的這段話也真的是睜眼說瞎話。從寢住的角度看得見「未」之戰士必爺正要使用手上的炸彈。那是在其他世界軸令寢住吃盡苦頭的「醜怪送葬」——慘了慘了，在我沒能趕走睡魔的這段期間，演變成最壞的事態了。光是進行正向發言就變成一觸即發的局面，可見「卯」之戰士的危險性質多麼顯眼——到頭來，在這個反常的世界軸也會上演慘不忍睹的廝殺場面嗎？就在寢住正要抱住趕不走睡魔的腦袋時……

「我是『造屍者』喔。」

憂城繼續說。「我的特技是和屍體交朋友。這項技能微不足道，但是用在生死一線間的逮捕行動，我認為挺有用的。各位如果願意一起思考使用方式，我會很開心的，很開心。」這段發言使得場中氣氛一變——公開身為戰士的王牌。感覺不到計謀與心機的搶先自白，眾人終究不得不有所反應——此外，這張王牌用在這個狀況確實有效過頭。（不過我在別的世界體驗過，所以靠著皮膚的感覺就知道了——）「造屍者」。讓殺害的對象加入己方，連死亡都不怕的能力——這在團體戰可以說是極致作弊的密技。就像是戰犯那邊在下西洋棋，戰士這邊卻是下將棋——因為可以將殺掉的對象納為己方。（他是思考到何種程度才講出這種話？在這個世界軸也是難解之謎……說真的，這傢伙是怎樣？）感覺不到計謀與心機的「卯」之戰士——不過，對於想控制戰況的寢住來說，這是令他開心不已的失算。這麼說來，寢住原本暗自斷定在十二戰士之中，頂多只有斷罪兄弟能組隊作戰，但如果只限於和屍體的溝通能力，憂城具備的領導能力也傑出到足以組成Rabbit聯盟。不過作戰當然不能由他主導就是了。（敵對的話很恐怖，但是如果拉攏為自己人，沒有別的傢伙比他更可靠——不對，不到這種程度。）即使拉攏為自己人肯定也很恐怖。他或許會雙手各拿「白兔」與「三月兔」這兩把刀從背後捅過來，必須隨時背負著這種風險——大概吧。「罪犯不可原諒，確實是這樣沒錯！有有有！雖然能力不足，但我也想幫這個忙～～～！」出現贊同者了。還以為是誰，原來是「酉」之戰士庭取——她語氣開朗又愉快，天真爛漫像是什麼都沒想，但她不是只有這種程度的戰士。寢住知道這一點，清楚知道這一點。（嬌弱卻不軟弱，不強勁卻強韌——沒力氣卻不是無力，不聰明所以擅長耍小聰明——記得是這樣？）若想解讀「卯」之戰士的發言或提案背地裡有什麼含意，老實說一點意義都沒有，但如果對象換成「酉」之戰士就必須細心注意——因為她總是企圖搶先周圍一步，是從外表無法想像的智慧型戰士。只不過，無論她正在打什麼主意，在目前的會議階段，她的傻樣令寢住心懷感謝——停滯才是現在的痛處。

「既然第十二屆十二大戰的主題是逮捕十二戰犯，可以認定十二戰犯也已經登陸來到設定為戰場的這座海上都市——可以認定他們已經受邀前來作客吧？」不知道是順其自然想扛起主持工作，還是想暫時中止「卯」之戰士與「酉」之戰士即將打造出來的氣氛，「丑」之戰士像這樣推動討論。「說穿了，這裡是流放地——是監獄島。杜碟凱普先生大概是秉持這種想法，只給我們最底限的情報，不過包括這部分在內，本次的戰爭就是這麼回事吧。」「未」之戰士接著說。從這種煞有其事的語氣推測，第九屆大賽優勝的這名老戰士，似乎不是完全不知道藏在本屆大戰背後的隱情——好想共享情報。「依照本小姐獨自取得的情報，十二戰犯好像也有自己的理由要獵殺我們耶？如同我們有動機，應該認定他們也有想實現的願望。」此時「亥」之戰士插嘴這麼說。優雅又高尚的她也厭倦旁觀，決定在這時候參加會議的樣子。（很好很好，多講幾句吧。）光是這樣就能讓生存率提高——而且是三級跳。

「換句話說，就是十二戰士對十二戰犯吧。沒辦法也和這些人交朋友嗎？」「應該不可能。和我們不一樣，對方恐怕沒半個正常人，都是惡名昭彰的罪犯。那位評審剛才提到的名字，各位至少聽過一兩個吧？」「當然。用不著我們追捕，要說全世界的搜查機構無時無刻沒在尋找這十二人也不為過。」「甚至被逐出戰地的十二名戰犯——即使是平常當軍火商人的老夫，也不想和這些人交易。」「有有有！有沒有誰認識他們啊？打過照面也行——只要聯絡得上都好。」「可是——」「說得也是——」

「丑」、「卯」、「未」、「酉」、「亥」等五人開始交談——想到這五人在其他世界激烈廝殺，寢住感慨萬分。明明什麼都還沒達成，但光是這幅光景就差點令他感動——對於同時體驗無數世界軸至今，精神嚴重耗損的少年兵來說，這是非常稀奇的事。但即使再怎麼感動，也不能只看著這五人看到入神，該看的是沒參加會議，旁觀五人討論的其他戰士。寢住自己肯定也是這麼想的（「戌」之戰士怒突以及「辰」與「巳」之戰士——斷罪兄弟，這三人做壁上觀還可以理解，因為在戰士之中，這三人的思考模式真要說的話比較接近罪犯，比起掌握場中主導權的失井大爺這種菁英分子，他們或許對十二戰犯比較能產生共鳴。搞不好在十二戰犯之中，真的有他們認識的人。只是——）有一件事不只奇妙更令人發毛，那就是「申」之戰士砂粒依然不改刻意疏遠的立場。身為和平主義者與理想主義者，在任何局面都把最高目標設定為和對方和解的這名好漢子……更正，好妹子，對於十二戰士（雖然走了兩個）即將攜手合作的這個狀況，即使沒感到欣慰也不可能像這樣深鎖眉頭才對，她卻像是在意其他事情般心不在焉。（難道是察覺到我的干涉力……看起來不像。感覺她正在稍微放遠眼光綜觀大局……看得比我更廣更遠。）或許是預想到不只一百種的排列組合，因此沒能樂觀看待。（老實說，以我自己的立場，比起不知道「弱者」心情的天才型失井大爺，或是性格古怪的憂城，我更希望溫柔的砂粒小姐擔任隊長……哎，這是沒辦法的。）

「這麼一來，把剛才離開的兩人叫回來比較好吧。要是這邊亂了步調，罪犯們可能會乘虛而入。」「丑」這麼說。「那個巨漢由我帶回來吧。我覺得跟他合得來。誰可以幫忙追回那個女生嗎？」「有有有！那就我來吧！同樣是女生，我要和她ＨＩＧＨ起來喔！」「在這之前，先完成自我介紹比較好吧？應該不會有人不認識高貴的本小姐，但在場的各位未必都是響叮噹的人物吧？」「亥」之戰士異能肉將話題拉回起點。斷罪小弟終究面有慍色欲言又止，但是在這之前——

「『亥』之戰士——『殺得精采』異能肉。」

她高聲自我介紹。「喔，我完全不知道。原來生肖裡有豬啊。」斷罪小弟像是要宣洩情緒般消遣。

「『辰』之戰士——『為了賺錢玩樂而殺』斷罪兄弟的大哥。」

雙胞胎哥哥說著「別氣別氣」安撫弟弟，接在異能肉後面進行自我介紹。

「『巳』之戰士——『為了賺錢玩樂而殺』斷罪兄弟的小弟。」

弟弟也跟著說。先不提最後會怎麼行動，總之這對雙胞胎好像也選擇以十二戰士的身分並肩戰鬥。

「『酉』之戰士——『啄殺』的庭取！」

「『卯』之戰士——『殺得異常』憂城。」
「『丑』之戰士——『為殺而殺』失井。」
「『未』之戰士——『先騙後殺』必爺。」

再來是這四人自我介紹，然後沉默至今的兩人一副不情不願的樣子首度開口。

「『戌』之戰士——『大口咬殺』怒突。」
「『申』之戰士——『和平之殺』砂粒。」

（真是驚人。我至今也看過各式各樣的世界軸，卻首度看見水火不容的「申」與「戌」講話這麼有默契。）不過，終究只是湊巧吧……而且別說水火不容，原本應該要殺個你死我活的十二人，接下來必須保持和睦的關係戰鬥。可不能動不動就被這種程度的驚奇嚇到。寢住重新趕走睡魔繃緊神經。「你呢？不自我介紹一下嗎？從剩下的生肖來看，你應該是『子』、『寅』或是『午』吧……還是說到了這個地步，你還是反對我們並肩戰鬥？」失井直接將話鋒朝向寢住——天啊，結果保持沉默到最後的是我？不小心太招搖了，這絕非我的本意——不過，用不著自我介紹，寢住究竟是「子」、「寅」還是「午」，直接看外表應該一目了然。選擇這個機率世界的寢住必須合群一點才行。

他打算故意像是不耐煩般，故意沒掩飾睡意，向眾人進行自我介紹。

「『子』之戰士──『群殺』寢住。」

寢住打算以一副非常疲憊、非常懶散的樣子，進行這樣的自我介紹。然而隨著「呵啊～～」這聲呵欠說出的自我介紹如下。

「『牡羊』之戰犯──『細數而殺』友善綿羊。」

同時，寢住──這個「寢住」迅速揮出軍刀，砍下失井的頭顱。在任何世界軸都不可能發生這種小蝦米扳倒大鯨魚的戲碼。（啊啊，我想起來了，我不是「子」之戰士寢住──奇蹟這種東西沒有發生。我早就被殺了，我早就戰死了。我穿著以我縫製而成的「洋裝」。我是戰犯──是從自我催眠解放出來的友善綿羊喲，咩咩！）

一具屍體，兩具屍體。

6

戰爭已經開始。十二大戰對十二大戰。

（戰士10——戰犯12）

（第一戰——終）

第二戰

騎牛找馬

本名路克·蜜雪兒。五月五日出生。身高一八五公分，體重六十六公斤。罪名：略誘未成年人。只對戰地出生的嬰兒下手而知名的連續誘拐犯。深信目標是自己的孩子而犯罪，不過說起來，她沒有生物學意義的「親生孩子」。之所以這麼說，在於她身為戰士的才能是「想像認信」，能讓交戰對象的基因和自己的基因融合，瞬間誕生前所未有的新戰士——不過新生兒的存活期間約五分鐘。懷念融化為爛泥的「親生孩子」，她今天也四處尋找嬰兒。順帶一提，她抓走嬰兒之後會無微不至地養育，脫離嬰兒期之後就還給父母，而且偵探能力意外優秀，只要親生父母還活著就絕對找得到。但她沒有命名天分，取的名字都毫不例外被親生父母嫌棄。

1

（吼嚕嚕。總覺得不太爽。）「寅」之戰士妬良走在人造島的海岸線這麼想——她的行動基本上沒有一貫性，也大多沒有邏輯或理念。剛才第一個離開古城大廳，也只是基於「總覺得不太爽」的理由——至少無法以言語說明。（而且那個天才大人好像完全不記得俺——哼。幹勁打從一開始就削光了。）說起來，她是否從一開始就有幹勁也令人質疑——在十二戰士之中，最沒動力參加十二大戰的戰士恐怕就是妬良。總是處於喪失鬥志的狀態。個性馬虎愛喝酒，行事幾乎不照計畫進行的她，參加第十二屆十二大戰的原因不是「想要實現某個願望」。是「為了再度見到傳說的戰士」。就某種意義來說，在那個大廳打照面的時間點，她的目的就算達成。（不，一點都不算——打過照面之後，俺的目的，俺的「願望」反倒無法達成了……吼嚕嚕。）「子」之戰士寢住——自以為是寢住的戰犯猜測他們倆有段「過節」，但妬良的這份心情可不像「過節」那麼簡單又籠統。

妬良想和失井殺個你死我活。

她想要的是決鬥——即使如此，第十二屆十二大戰卻是以「聯手戰鬥」為主題。是哪個齒輪出了什麼問題？終於見到好想戰個痛快的對象，而且是在戰爭中的戰爭，簡直是量身打造的戰場——十二大戰相見，卻反而被禁止戰鬥，天底下有這麼乏味的休戰嗎？那個評審不知道餓虎多麼危險嗎？只不過，如果是野生的虎就算了，若問現在的妬良是否危險，其實完全不會。現在的她單純是沒有幹勁的醉鬼——甚至連醉鬼都不是。說來驚人，她今天沒攝取任何一滴酒精。（打造這座海上都市的大人物，沒想過開一間便利商店嗎？）現在腳下這座沙灘的沙，好像也是挖光某個海岸移植過來，種類非常罕見的細緻海沙——假設真的有便利商店或店鋪，在舉行十二大戰的期間，成為戰場的這座人造島，肯定也照例會變成無人島——沒有管理人或警衛，只有受邀的十二戰士——

「『雙魚』之戰犯——『留命再殺』終結醫師。」

——以及十二戰犯。

2

身穿白袍，手提醫師包的這名戰犯說來驚奇，是從海裡伴隨海浪現身。如同漂流到最後沖到此地，全身溼答答地現身——既然自稱「雙魚」之戰犯，這樣現身也是理所當然……雖然也可以這樣解釋，但是女醫像是人魚般登場的方式還是很奇怪。即使姤良沒喝醉也不禁懷疑自己眼花——應該說，在這種狀況，使用醉拳的她沒喝醉反而不妙。（十二星座之戰犯——是這麼稱呼的嗎？可惡，俺剛才真的是一時疏忽，沒有仔細聽評審的說明。）沒有「一時疏忽」這種事，姤良最近這幾年都沒有仔細聽人說話。不提這個——如今姤良跪趴在沙灘上。由於保有理性，即使狀況稱不上極佳，身為「寅」之戰士至少要擺出戰鬥架式。「我說妳啊，才這點年紀，肝臟就快毀了耶？還好嗎？」只不過，最重要的交戰對手可以說幾乎沒擺出戰鬥架式——對方將溼透的頭髮當成抹布般隨便擰乾，同時居然如同斷層掃描般診斷姤良的內臟。「既然妳現在像這樣以戰士身分存活下來，當然有兩把刷子吧——不過妳是擅長攻擊，不擅長防禦的類型？妳可能認為自己『耐打』，但妳全身上下的肌肉都在慘叫喔。簡直像是在哭。殘破到充滿看頭。

我不會說得太難聽，但妳最好更珍惜自己的身體——呃，戰犯這麼說也沒說服力？」（…………）姤良猜不透對方的想法，就這麼維持架式不知所措——加上沙灘踩起來不太穩（沙太細了），抓不到機會撲向這個神祕女醫。「也有骨頭以奇怪的形式融合了。不介意的話，我幫妳診療吧？」「……什麼嘛。妳是獸醫？」姤良一反平常的作風，佯裝慎重般詢問。「我是軍醫。不過是『前』軍醫。工作是讓想死的人悽慘留住小命。很酷吧？是留命再殺沒錯吧？」女醫這樣回應。「我的戰鬥能力——噠啦啦啦啦啦啦（打輪鼓的音效）幾乎是零，所以放心吧。不然要不要試著殺我看看？我轉眼之間就會當場斃命喔，妳只會覺得失望。」「……吼嚕嚕。」很難認定女醫在故弄玄虛。應該說，她散發的氣氛和故弄玄虛或虛張聲勢完全相反——完全感覺不到威脅。剛才奇特的登場形式令姤良提高警覺，不過冷靜下來會發現，這個女人確實完全沒有善戰的感覺。這次的大賽再怎麼反常依然是十二大戰，所以位於戰場上的她當然不可能毫無戰鬥能力。這種「毫無戰鬥氣息」的特徵，明明是醉拳高手姤良的絕活才對——也因此，姤良不敢貿然撲過去。（說起來，俺應該和這個女人打嗎？十二戰士與十二戰犯——有什麼不得不戰的理由嗎？）若要說理由，只能說這是營運委員會定下的規則，但是姤良早在開會階段就退席退場退出了。

當然，如果姤良知道自己早早離開的那間大廳裡，她心目中「期盼交手的戰士」──「丑」之戰士失井，即將被「牡羊之戰犯」友善綿羊「細數而殺」的事實，姤良應該會採取不同的行動吧，然而不知道該說幸或不幸，她還不知道天才的戰況。

姤良不知道戰爭早已開始。因此，「不能殺害不想戰鬥的對手」這個戰士的基本常識，妨礙到她野生的直覺──如果血液中的酒精濃度夠高，也就是處於酩酊狀態的話，或許她已經「藉著酒意」下殺手，但即使是馬虎隨便又沒有幹勁的姤良，在沒喝醉的狀態還是能正常建立對話關係──即使對方是戰爭罪犯。

「呵呵，想接受診察了嗎？如果由我診察會讓妳不安，我可以幫妳寫轉診單喔。」「……招出目的。妳找俺──找我們有什麼事？」姤良亂了步調，終於開始進行「質問」這種行為。這怎麼想都不是「寅」之戰士的工作──這工作應該交給聽說是理想主義者的「申」之戰士。「我不知道妳知不知道，但你們現在是我們的獵物耶？第十二屆十二大戰的主題是『獵殺十二戰犯』。」「哎呀真親切，妳特地告訴我啊。那妳不就是我的救命恩人了？」叫終結醫師的這名女性聳肩微笑。「難道說，這是診斷的謝禮？不必喔，因為我是自己喜歡才醫療別人。患者恢復健康的笑容是最好的報酬。」「大家都說俺的笑容很恐怖喔。吼嚕嚕。」「那口牙齒，建議妳去做個齒顎矯正。」「俺自己覺得這是最迷人的特徵喔。」「如果大家都這麼認為，整型產業都可以收一收了。」姤良可沒有笨到沒察覺被對方搪塞。自認沒有。不過，既然她不想戰鬥，為什麼要登場？姤良感到疑惑。「請不用擔心。我知道更恐怖的笑容，知道我現在很危險，也知道『獵殺十二戰犯』的事。千金買得早知道。」「雙魚」之戰犯以奇妙的字句這麼說。「早知道——」「不是知道要被宣告罹患癌症之類的。呵呵。不過既然妳這麼善良忠告，我應該完成知情同意的程序比較好吧——如同你們十二戰士把我們十二戰犯當成獵物，我們十二戰犯也把你們十二戰士當成獵物。」「……啊？妳說什麼？」「說來話長，要聽嗎？」「吼嚕，我不擅長聽人講太久。」老實說敬謝不敏。明明從大廳的會議溜出來，卻要和來自海上的女醫促膝密談，老實說姤良感到不耐煩——如果有酒相伴就另當別論。

「因為，我們是成群結黨，結為惡黨要收拾你們，讓你們全部在這個世界沒有立足之地，再占據十二大戰的非法分子。」

（占據——十二大戰？）姤良一時之間聽不懂這段話的意思——不過即使聽不懂也覺得似懂非懂。因為在她溜出會議之前，「丑」之戰士提出的那個疑問，感覺可以直接拿女醫這段話來回答——為何營運委員會要在逮捕十二戰犯之後實現十二戰士所有人的願望？即使從參戰者的立場來看，這次準備的「獎品」也太誇張了。對於姤良這樣的戰士來說，幹勁只會大打折扣。（如果十二大戰本身被罪犯集團鎖定，那麼為了讓我們聽命行動，支付超額的報酬也是情有可原——）至少報酬不會只有一張笑容——如果純粹以推測來看，營運委員會以及位於更上層牽線的「有力者」，將會為了防衛組織不擇手段，肯定不惜大幅變更原本的規則，也要有效利用十二戰士。（俺之所以對『聯手戰鬥』不太爽，就是因為隱約窺見這種政治層面的隱情——開玩笑的。）無論是清醒還是酩酊狀態，自己都不可能有這種洞察力。只是即使如此，假設十二戰犯心懷鬼胎插一腳，導致十二大戰的主題被迫變更，到頭來，姤良無法實現長年心願的原因還是在戰犯們身上。

想到這裡果然很火大。

想殺掉面前的罪犯——沉醉於怒火。

「……話說回來，醫生，妳是做了什麼事情被追捕？既然是戰爭罪犯，那妳應該做過壞事吧？」「天底下有人沒做過壞事嗎？沒有任何人不是罪犯吧——即使是善行，換個角度來看就變成犯罪。」女醫講得愈來愈搪塞，同時當場蹲下，開始摸索醫師包的內容物。還以為是要拿武器，但她取出的是藥盒。「比方說我是無照醫師。雖然在戰場為一個又一個的傷患開刀，卻被說是違法行為。呵，不過講這種話的傢伙，嘴巴都被我縫死了。」「…………」「在意這個藥盒嗎？對不起，在醫療諮詢的時候拿出這種東西。我吃藥的時間到了——所謂的『做醫生的不養生』。順帶一提，這種藥在某個國家是合法處方，在某個國家卻是禁用的非法藥物——不只如此，在另一個國家是眾所皆知，光是持有就可能被抓去關的驚人毒藥。戰士與戰犯的界線就是這麼回事。」「…………」姑良之所以繼續沉默，不是因為懾於女醫的主張而語塞，是因為聽不懂女醫在說什麼——雖然也隱約覺得被唬得一愣一愣的，但姑良聽不懂這段比喻。說起來，姑良不認為這個人只因為是無照醫師就列入國際罪犯名單，所以從這個罪狀來看無法信任——大概是認定姑良不會襲擊過來，這名「終結醫師」將幾顆不知道合法還非法的藥丸含在嘴裡，就這麼移動到海岸線，單手掬起海水，將藥丸灌下肚。「喝……喝海水沒問題嗎？」姑良忍不住出自內心詢問，但是女醫若無其事。「總歸來說就是鹽水，也就是氯化鈉。比起酒精更有益於身體喔。」怎麼可能。「打斷話題了嗎？這種藥不是在『餐間』吃，而是固定要在『對話間』來吃。沒有啦，這是醫師笑話。『餐間』的意思可不是要在用餐的時候吃。」說起來，姑良幾乎沒去過醫院看病，所以很難聽懂醫師笑話——然而即使她再怎麼遲鈍，也終於慢慢理解了。（看來這個女人——是在爭取時間吧？）長期的目的只能說不得而知，罪犯集團為什麼要占據十二大戰也令人猜不透，但這個女人為什麼像是從海裡爬出來般古怪登場，又一直進行聽起來重要卻沒什麼意義的對話？至少姑良在這方面看出端倪——恐怕是在牽制姑良。是為了阻止姑良以蹣跚腳步前往自己也不知道的某處而現身。應該吧。難怪感覺不到像是戰鬥氣息的東西，她的目的反倒是打造出不會進入戰鬥的停滯。這麼一來，就代表姑良完全中了她的計——即使如此，姑良沒能看透自己被牽制的理由，所以不免對此感到不甘心，甚至還稍微抱持期待。（牽制俺，爭取時間——究竟是在打什麼主意？）答案立刻揭曉。

「『金牛』之戰犯——『立誓而殺』非我莫視。」

身穿純白婚紗的戰犯，從沙丘的另一頭現身——如同走在紅毯，掛著恐怖的笑容現身。

3

話是這麼說，但非我莫視的登場不像終結醫師那麼奇妙，反倒是不逃不躲，光明正大往這裡走來，即使如此，妬良還是目瞪口呆——因為身穿婚紗的她拖行的那個物體，再怎麼不願意也會映入眼簾。「真慢，我差點就沒命了。要是我被殺怎麼辦？」「妳被殺的話我會笑，我在此發誓。」對於終結醫師的抱怨，非我莫視揚起嘴角露出像是笑容的表情，以立誓的話語回應。（她剛才說知道更恐怖的笑容……原來如此，就是這傢伙吧。）體格以戰士來說算嬌小的妬良眼中，婚紗女感覺不能只以高大來形容，但她以雙手拖行的物體更大——（不是物體——是屍體？）「那人死掉了嗎？」抱持相同疑問的終結醫師問。「不，沒殺死。我在此發誓。防禦力太具威脅性了，這個大塊頭。就我看來也是大塊頭。」非我莫視這麼說。「束手無策。我的刀砍不進要害。和魔法少女聯手也難以成功。所以我認為時限已到，分頭行動，先來到這裡幫忙，我在此發誓。要殺掉這個肉盾，必須拜託『他』或『她』，或者是『性別不明的暗殺者』才行。即使拜託或許也不會成功，我在此發誓。」

她拖行的物體是「午」之戰士迂迂真。身高二三〇公分，體重一五〇公斤。

坦白說，剛才在大廳，除了自己以外的十一人之中，妬良認識的戰士只有「趕盡殺絕的天才」失井，頂多加上名人「和平主義者」砂粒，所以沒能直覺判斷像是陷入沙灘被拖行的這個人是「午」之戰士迂迂真，即使如此，妬良還是對那個巨漢有印象——不知道究竟遭受何種攻擊，身上鎧甲被進行做舊處理的他明顯癱軟無力，任憑婚紗女拖行，看起來奄奄一息，但是不提鎧甲，外露的皮膚確實沒受傷。即使被粗魯對待，也連一聲呻吟都發不出來，不過看來只是昏了過去。（只是——）話說，在暴力的罪犯面前昏迷，對於戰士而言不知道是多麼屈辱的敗北。「吼嚕——」妬良本來就對自己腦袋的運作速度沒自信，無從得知自己離開大廳之後，這名巨漢默默隨後離開，所以妬良當然猜不透他後來發生什麼事。雖然猜不出來，但還是可以確定一件事——（接下來就是俺嗎？）那麼就得當機立斷了。面對只以拖延時間與牽制為目標的神祕女醫，心情與鬥志都無從提升，但如果是明顯帶著仇恨氣息出現的婚紗女，就可以撲過去戰個痛快。先下手為強——趁著對方還拖著巨漢，空不出雙手的這時候，將五指的利爪插下去！

「『寅』之戰士——『趁醉而殺』姤拉！」

自報名號到最後口齒不清，並不是因為喝醉——雖然一直強調好像很煩，但這時候的姤良是清醒的，沒受到酒精的影響。連車子都可以開——只不過她沒駕照，所以同樣會「違法」就是了。

她在這時候結巴，是因為針筒插在她的脖子。

「對不起，對不起。那麼對不起了。關於這件事，我改天會開記者會道歉。剛才我說謊了——所謂的善意謊言。因為殺人也是我的工作，我可是醫師喔。」姤良正要跳躍的時候，終結醫師在沙灘上無聲無息悄悄從後方接近，從交戰對象的脖子抽回預先藏在藥盒底部，再從醫師包取出來的針筒——不，姤良甚至不算是交戰對象，是患者，不然就是——獵物。「安樂死——安心、快樂地死吧。」「吼，吼嚕，嚕，吼嚕，吼嚕……」妬良的視野天旋地轉，用來跳躍的雙腿跟舌頭一樣打結，就這麼倒在沙灘上。(剛才她拖延時間——原來不是在等婚紗女過來殺我——是等我背對她嗎——)晚一步前來的非我莫視才是誤導用的幌子，露骨偽裝成非戰鬥員的終結醫師才是真正的殺手——是真正的罪犯。「那邊的死了嗎？」「嗯，死了。撒手人寰了。」「很好，肯定會轉生成為可愛的寶寶吧。」「這樣還剩下多少戰士？友善綿羊那邊怎麼樣了？」「天曉得。我不知道。我在此發誓。」「對了，非我莫視，那個力士既然沒死，我可以接收嗎？雖然得找參謀商量，不過應該還有其他用處。」「可以啊。雖然我覺得他不是力士，但我只對嬰兒有興趣，我在此發誓。」「三句不離發誓，妳煩死了。」

罪犯之間這段閒話家常般的對話，妬良好像聽到卻聽不到——對於她們兩人來說，最害怕在戰場遭遇到的戰士妬良，如今已經是極為不重要的存在。妬良對此沒感到屈辱。因為對於妬良來說，自己的存在也一樣不重要了。但妬良有個疑問。「為——為什麼……」「哎呀？對不起，非我莫視，她還活著。真厲害，剛才是假死狀態。不過很快就要真死了。」「為……為什喵——既……既然有這種技術……用不著刻意……爭取什喵時間吧……」「明明是虎，講話卻像貓耶。」終結醫師像是確認治療效果般說。「咦，為什麼？」接著像是問診般反問。「用不著爭取時間，也可以正常戰鬥吧……」妬良無論如何都想知道這一點，咬著沙子如此詢問——之所以無論如何都想知道，只能說因為她意識處於混濁狀態。不過實際來說，對付姤良這種野性型的戰士，從背後攻擊甚至比較危險。隱藏殺氣拖延時間的風險，從背後偷襲遭到反擊的風險。與其背負雙重風險，正常戰鬥比較有利。但是這名女醫為什麼刻意冒險動手？明明增援已經出現，卻連夾擊的選項都不選——「說這什麼話？殺掉粗心大意的雜碎才有趣吧？」（……咯咯！）對於這樣的知情同意，姤良忍不住苦笑——不是露出恐怖的笑容，而是不得不露出純真的笑容。自己這樣的戰士居然是含笑死去，簡直驚天動地。即使如此，姤良也覺得這樣的死很適合自己。從背後殺人的理由不是「安全」而是「有趣」，被講這種話的低階罪犯殺死何其丟臉——像是量身打造般過度適用於誤入歧途的戰士，姤良潸然淚下。（吼嚕嚕。『行得正』是吧——俺至今完全做不到耶。）從陶醉中清醒了——陶醉於可憐自我的姤良，就此結束人生。

4

「寅」之戰士姤良過於不幸地戰死了。如果無論如何都要從中找出救贖，那就是清純如清酒的她，直到最後，直到最終，都不知道她期盼交手已久的「丑」之戰士失井居然比她早死。如果兩人同時死去或許更好吧，但是這個世界可沒運作得這麼巧妙——姤良在海岸線沙灘被針筒注射藥物的幾乎同一時間，在古城大廳戰死的不是「趕盡殺絕的天才」。

是「造屍者」。

隨著滿潮逐漸被海浪捲走的姤良無從得知這個事實，不過幾乎在她斷氣的同一時間，砍下天才首級的「牡羊」戰犯——友善綿羊的軍刀，順手貫穿「卯」之戰士憂城的心臟。參加人數出乎預料倍增的第十二屆十二大戰。

戰死者以倍速播放的形式留名。

（戰士8——戰犯12）

（第二戰——終）

第三戰

國士無雙

雙生之心◇

「想要選項。」

本名 W-2222、M-2222。都是六月六日出生。身高一三八公分（姊）、一九八公分（弟），體重三十四公斤（姊）、九十九公斤（弟）。罪名：都是竊盜罪。某軍事組織進行非法人體實驗誕生的雙胞胎姊弟。原本是嘗試創造出卓越的戰士，使用起來卻是失敗作，因此被當成「非法的失敗」，存在本身被雙重隱蔽。最初各自監禁在不同設施，但兩人的精神大部分相通，沒有孤獨而死，而是相互鼓勵，成功撐過嚴苛的監禁生活。這段期間反倒是軍事組織毀滅，姊姊被革命軍、弟弟被ＮＧＯ團體救出——後來兩人暫時各自以戰士身分活躍，卻在某個戰場進行感動的重逢。兩人被逐出戰地的罪名正如前述是「竊盜」，乍看不免像是輕罪，但他們偷竊的分別是航空母艦（姊）與核子潛艦（弟）。雖然竊盜動機不明，但是犯罪層級過高，動機一點都不重要。

1

「所以大哥？怎麼辦？」「嗯？小弟？什麼怎麼辦？」「還用說嗎？嗯——要站在哪一邊？戰士軍那邊？還是戰犯軍那邊？」「…………」斷罪兄弟快步移動到的這個場所，是鋪著石板的坡道——從無到有建立這座海上都市，身為慈善家又是雅士的「有力者」連同周圍建築物移建的這條道路充滿韻味，是當成道路存在的道路。不過，踏上歧途的這對兄弟沒餘力品嘗古色古香到令人無法招架的這股氣氛——他們被迫進行選擇。十二戰士對十二戰犯，在這場異質的十二大戰之中，他們該如何行動？進一步來說，他們該站在哪個陣營？（用不著弟弟這麼問……）斷罪大哥心想。（差不多該決定了——雖然剛才趁亂驚慌逃出大廳，不過在那種場面，我們就算被殺也不奇怪。隨手就會被順便解決。）斷罪大哥在回想——斷罪小弟恐怕也在回想吧。回想不久之前發生的事——光是「趕盡殺絕的天才」的「丑」之戰士腦袋被砍飛就用掉一輩子的驚訝了，不只如此，外表是「子」之戰士的十來歲少年，還像是乘虛而入般將「卯」之戰士——記得他自稱憂城——別名「造屍者」——的心臟貫穿。（那隻變態兔之所以被選為第二個受害者，大概只是因為「位於砍得中的位置」吧——順利殺掉主要目標失井大爺，所以順勢多殺一個——以那個老鼠小子的角度來看，應該就像這樣隨興所至吧。）斷罪兄弟沒想過他們在別的世界軸一起被那隻「變態兔」殺個痛快，更沒想過兄弟倆一起被當成「好朋友」珍惜，做出這樣的判斷。這個世界軸的他們並不知道「造屍者」的恐怖。如果知道，大概會察覺「子」之戰士（應該說假扮成這個身分的某人）是隨興在現場戰士之中精準殺害最具冠軍相的兩人，但即使沒察覺這一點，也足以稱得上是秒殺。（有機會的話應該會想再殺一人，不過「那傢伙」——「申」之戰士砂粒終究阻止了。）而且直到整套動作結束，才能理解場中發生了什麼事。回過神來才發現「子」之戰士（假扮成這個身分的某人）的身體被揍飛到牆邊，還活著的戰士全部跑過去的時候，「子」之戰士（假扮成這個身分的某人）已經斃命——不對，這時候已經不是「（假扮成這個身分的某人）」，這個連續殺人犯已經變回「子」之戰士本人——變回「子」之戰士的屍體。不是被「申」的「溫柔卻毫不留情」的一招斃命。說來奇妙，少年的身體腐敗得像是幾天前就遇害——感覺像是看了一場魔術。

像是看了一場夢。

「『牡羊』之戰犯——『細數而殺』友善綿羊。」

失井人頭落地前一秒聽到的這段自稱，甚至也令人覺得應該是一場夢。對方的手法就是這麼俐落。短短不到十秒，齊聚的十二名戰士之中，有三名化為屍體——砂粒隨後進行的急救措施也徒勞無功。（說起來，只有那隻兔子有進行急救的餘地——被砍頭的天才與腐爛的小子接受急救也沒用。真是的——）再怎麼粉飾都是強烈的震撼，足以讓「天之扣留」與「地之善導」的斷罪兄弟一時之間動彈不得——其實，兩人說不定不會像這樣溜到城外，而是如同在突發戰場倖存的其他戰士，至今也留在那間大廳。

如果兩人沒有事先得知本屆的十二大戰，本次異樣的十二大戰是這種異質的主題——如果沒有事先聽十二戰犯之一，「天秤」之戰犯史爵士的說明，兩人就不會溜出來了。

2

以自我催眠認定自己是「子」之戰士的友善綿羊，在那個時間點進行的推測沒錯，己身定位非常接近戰爭罪犯的戰士——斷罪兄弟，早就和十二戰犯的某人串通——更正確來說，杜碟凱普列舉的十二戰犯，斷罪兄弟聽過所有人的名字，也和一半以上的「犯人」相識，不過稱得上交情夠深的只有史爵士一人。因為那個罪犯是斷罪兄弟成為彈劾審判被告時的最高法院法官——名留歷史的那場無罪判決，是相傳至今的負面判例。

「我是把你們當成好友才告訴你們。斷罪兄弟——第十二屆十二大戰不會以你們期望的形式舉辦。」

由於一直對戰犯處以無罪判決，自己也成為戰犯被逐出法院的「天秤」之戰犯，使用祕密通訊提供這個情報，但是斷罪兄弟當然沒當真——因為對於戰士來說，尤其對於十二生肖的戰士來說，十二大戰就是如此神聖、潔癖又至高無上。要是在某處發生某些錯誤（或者是所作所為得到正確的評價）也可能列入大戰成員的十二星座戰犯，即使再怎麼深不可測又毛骨悚然，總不可能將十二大戰逼到中止舉辦吧——斷罪兄弟並沒有將史爵士當成好友，甚至想反過來忠告他最好別胡思亂想，實際上也真的忠告了——然而，這個前最高法院法官完全不予理會。如同昔日原諒斷罪兄弟的犯法與惡行，「我就原諒吧。因為我把你們當成好友。」他說。「如果回心轉意想支援『我們』，隨時跟我說一聲——雖然我們打算將十二戰士全部判處死刑，但這不是目的。如果你們願意加入我們，我個人會很開心，我想大家肯定也會高興的。」（雖然是戰犯，不過大概原本是超菁英分子，這傢伙有點超脫塵世，所以他講的話，我連一半都沒聽進去——不過評審大叔說出「把我們當成好友的那個傢伙」的名字時，真的是嚇死本大爺了——對吧，小弟？）（嗯，一點都沒錯，大哥——）正因為有這份事前情報，所以斷罪兄弟能將混亂至極的現狀解讀到一定的程度。

戰犯們心思縝密到嚇人，計畫周詳到恐怖。之所以先知會斷罪兄弟，肯定也是整個計畫的一環——不知道是要他們如何合作。不過，居然預先讓戰犯扮成十二戰士之一混進去，大膽無懼也該有個限度。喬裝為「子」之戰士（雖然「他」直到最後都沒有這麼自稱，但是斷罪兄弟認識中途退席的「寅」之戰士與「午」之戰士——順帶一提，他們也確實認識當時出言打岔的「亥」之戰士——情報是寶物——使用刪除法就可以斷定「他」是「子」之戰士。不過這個斷定正是錯誤的所在。）的「牡羊」戰犯友善綿羊——不只喬裝，那是擬態吧？不對，是完全變身吧——如果可以形容為扮裝，或許是扮裝吧。可以像是更換衣服一樣更換人格的戰犯——這種傢伙的存在，同樣是史爵士不經意放出的消息，不過令人半信半疑的這種戰法，親眼目睹之後反倒難以置信——然而，「丑」之戰士與「卯」之戰士的屍體，以及「子」之戰士的屍體，真實到連具備犯罪氣質的斷罪兄弟都抗拒。「先不提把我們當『好友』的前最高法院法官——那個快速換裝的女人，我不認為她殺我們會先給一段緩衝期。對吧大哥？」「一點都沒錯，小弟——既然有那種像是間諜的傢伙，團體行動才危險。先不提最後要站在哪一邊，先離開那裡應該是對的，不然可能遭受池魚之殃。」「說是這麼說，但是大哥，現在的您該不會其實是友善綿羊吧？」「喂喂喂，好老弟，不可能吧？本大爺可是只有那麼一點點懷疑可愛的你耶？」雙胞胎戰士就這麼不知道幾分當真地拌嘴，沿著坡道往上走——沒有明確的目的地，現在只是想要盡量遠離那座有舞廳的古城。知道這座海上都市是戰場的時間點，兩人就把島上的地圖記在腦中，所以走到任何一個預定當成據點的虛擬根據地就會停下腳步——但他們甚至認為這種「準備」反倒應該趁現在放棄比較好，交戰對手就是「準備」得如此周全。團體行動很危險，單獨行動也同樣危險——中途退席的兩名戰士，後來應該會被其他的十二戰犯鎖定吧，這是斷罪兄弟的猜測。實際上他們猜中了，「寅」之戰士妬良在這個時間點已經喪命，「午」之戰士落入敵方手中，雖然沒死，但是生殺大權掌握在他人手中的那條生命已成風中殘燭——所以，斷罪兄弟被迫做出決定。畢竟史爵士曾經以正經語氣說「即使在大戰的最後一瞬間照樣歡迎。因為我把你們當成好友」。史爵士大概真的會歡迎，但是友善綿羊不用說，其他的十二戰犯也不一定會和史爵士一樣寬容對待叛徒。若要背叛（說起來，他們不認為自己早就加入十二戰士組，所以對於被稱為叛徒深感遺憾）最好趁早——最好趁著十二戰士人數繼續減少之前，投靠到十二戰犯那邊。「可是大哥，在這種場合應該有問題吧？雖說是十二戰士對十二戰犯，但是無論何去何從，這始終是十二大戰啊？」「本大爺當然知道，小弟。如果以十二戰士的身分戰鬥，在勝利之後『可以實現任何一個願望』。明明能享受這麼大方的恩惠，要是投靠十二戰犯……」「十二戰犯會成為十四戰犯吧。」「那你就當蛇夫座吧，小弟。」「我本來就是蛇了，大哥。」「回到正題，如果投靠十二戰犯，即使就這麼順著氣勢與興致打贏這場大戰，也沒有任何好處。願望不會實現，也拿不到玩樂的錢，只會保住小命。」「只是這樣的話還算好，我們兄弟會從戰士『升格』為戰犯——會再度被通緝。多虧親愛的史爵士，明明好不容易走運獲取無罪判決，斷罪兄弟卻要被斷罪。」「就是這麼回事——雖說留得青山在不怕沒柴燒，但是本大爺可不想成為世間的笑柄。

既然這樣，繼續待在十二戰士這邊期待反敗為勝才是明智之舉。至少期望值比較高。不過——」有個問題，十二戰犯那邊的目的，現階段依然不明——把斷罪兄弟當成好友的史爵士，在這方面也沒任何說明。應該說，當時斷罪兄弟覺得那個戰犯的說法很可疑，所以沒問得那麼深入——然而無論是怎樣的戰犯，都很難想像他們會毫無目的做出這麼誇大的行徑。即使不到「可以實現任何一個願望」的程度，十二戰犯那邊在戰勝之後肯定也能獲得某些實質上的獎賞，依照獎賞內容，斷罪兄弟毫不猶豫就敢投靠十二戰犯——要當蛇夫座或是天龍座都可以。有天龍座這種星座嗎？「以結論來說……」大哥開口了。「只能先抓到史爵士以外的十二戰犯，將他們的熱情邀約問個詳細——那個傢伙是好戰犯，但是實在過於脫俗，講話聽不出重點。就算不是這樣，只依賴單一情報來源也很危險。」「嗯。雖然這麼說，不過可以的話最好找認識的人，像是鋼鐵侍女之類的——相對的，只有暗殺者蹦髑髏拜託別找。」「因為那個神祕人物，與其說是戰犯更像是殺人狂啊。」「然後基於另一個意義，也拜託別找那兩個傢伙。就是雙生之心。因為他們是『雙胞胎』的戰犯——」

「角角色色定定位位會會重重複複是是嗎嗎？既既然然這這樣樣，這這就就是是你你們們的的敗敗因因了了。」

明明沒有聊到忘我，但是大小雙人組的戰犯擋住斷罪兄弟的去路——像是早就算準的這個時間點，簡直是一直躲在暗處等待兩人提到他們的名字。

雙人組戰犯——姊姊與弟弟同時自報名號。

「『雙雙子子』之之戰戰犯犯——『毫毫無無選選擇擇的的餘餘地地而而殺殺』雙雙生生之之心心。」

3

雙胞胎對雙胞胎。依照場合，這個局面暗藏著構圖變得亂七八糟的危險性，幸好在這個場合，戰犯這邊是異卵雙胞胎——也就是同卵雙胞胎與異卵雙胞胎的對峙。因此基於這層意義沒有造成混亂，不過以斷罪兄弟的立場，這樣的進展使得他們兄弟之間冗長討論至今的議題只能即刻報廢。「辰」之戰士與「巳」之戰士被當成同一戰士統稱為「斷罪兄弟」，同樣的，「雙子」之戰犯雙生之心也不做區分，統一稱為「雙生之心」。所以先不提是否有「角色定位重複」的問題，對峙的這兩人與兩人，互瞪的雙胞胎與雙胞胎，是共通點很多的戰士與戰犯——不過，相交的視線與視線與視線與視線，即使說客套話也不算和平。（同類相斥——這麼說也不對。）斷罪大哥這麼想。斷罪小弟也像是接續般心想（我們雖然長得很像，是利用這個特徵戰鬥至今的戰士——但也只是「不同人擁有相同基因」的意思。）雙生之心是異卵雙胞胎，也就是基因構造肯定不同，不只外表，連性別都不一樣，但即使像這樣久違面對面，依然有種——

「二才是二」的印象。

是的。如果斷罪兄弟給人「同樣的人物有兩人」的印象，雙生之心就是給人「兩人並存才首度成為完整個體」的印象。像是拼圖一樣互補不足之處，看起來毫無歪斜。不歪才是歪——是不正的行為。因此，被相提並論的斷罪兄弟，始終分別是「辰」之戰士與「巳」之戰士，相對的，雙生之心是單一的「雙子」之戰犯。坦白說，斷罪兄弟對此不太高興，和這對雙胞胎對立——無關於第十二屆十二大戰的規則，甚至憎恨到「總有一天要宰掉他們」的程度。只不過，斷罪兄弟對世間約三成的人類都是這麼想的——問題在於對方也抱持這種近乎同類相斥的情感（真的是很像雙胞胎會有的制式情感）——沒有遲鈍到不知道被斷罪兄弟討厭，而且說起來，既然相互擋路的雙方都已經各自亮出武器，也沒有遲鈍或敏銳可言。嬌小的姊姊以十字弓瞄準斷罪大哥，高大的弟弟像是扛起戰鎚般高舉恫嚇斷罪小弟。

人體實驗的成果（失敗？）使得這對雙胞胎缺乏表情，卻足以令人感受到殺氣。（不過，喂喂喂——史爵士，這跟說好的不一樣吧？不是要讓我們成為同伴嗎？）（感覺不像是已經事先說好——還是說，這就像是入團測驗那樣？不只如此……）（嗯，簡直像是這一切從一開始就是陷阱。慣於當策士的我們居然上當了？）不用說，斷罪大哥和斷罪小弟一樣，這輩子從來沒當過策士，兄弟倆的戰法基本上都是「走一步算一步」，但是反過來說，難以猜透他們捉摸不定的行動，正是斷罪兄弟的賣點——但這次因為史爵士提供事前知識，使得他們容易被猜透？要不是舊識的戰犯預先邀請——預先引導，兄弟倆能像這樣完美溜出來嗎？

正因為事先擁有情報，所以行動反而受限——被引導到這條狹窄單行道？自以為半信半疑，自以為只把話聽進去一半，到頭來卻被隨心所欲控制？「為為了了法法官官的的名名譽譽預預先先說說明明，那那傢傢伙伙是是真真的的想想拉拉攏攏你你們們成成為為同同伴伴——如如同同我我與與我我真真的的想想殺殺掉掉你你們們。」「雙子」之戰犯同時這麼說——不，斷罪兄弟沒看過「她」與「他」、「我與我」分別說話的場面——恐怕任何人都沒看過吧。

「那那位位原原諒諒成成性性的的法法官官，肯肯定定也也會會原原諒諒我我與與我我。」「ＯＫ，總之好吧，一點都無所謂。那就走一步算一步了，對吧小弟？」「我說大哥，到頭來，我們不可能背叛榮耀的十二戰士吧？以為我們是什麼人啊？」「我們是什麼人啊？」「那還用說嗎？我們是……」

「『辰』之戰士——『為了賺錢玩樂而殺』斷罪兄弟的大哥！」

「『巳』之戰士——『為了賺錢玩樂而殺』斷罪兄弟的小弟！」

各自背著槽桶的斷罪兄弟，將槽桶延伸出來的管子朝向各自的目標——斷罪大哥背的槽桶「逝女」裝滿液態氫，任何物體或任何人被射中都會冰凍徹骨。斷罪小弟背的槽桶「人影」裝滿高辛烷值汽油，任何物體或任何人被射中都會灼熱徹骨——冰與火的斷罪兄弟。「天之扣留」與「地之善導」。同樣因為是雙胞胎而感覺同類相斥，此外在「相似度」方面甚至感到自卑，但兄弟倆至今從來不認為會輸給或打不過雙生之心這樣的戰場大盜——至今之所以沒殺掉對方，只不過是因為沒在戰場上遇過。實際上，同卵雙胞胎沒輸給「擋路」的異卵雙胞胎——沒被她與他、我與我殺害。

殺害斷罪兄弟的是「水瓶」戰犯與「射手」戰犯——傀儡瓶與無上射手。

「咦……哎呀……？」「咦……哎呀……？」兄弟倆好巧不巧異口同聲——如同那對異卵雙胞胎。這也是當然的，來這座島至今肯定連一次都沒用過的槽桶居然空空如也——本應射向姊弟的液態氫與汽油，不知何時全部消失。爬坡的時候，身上的東西變輕是非常好的事情，但是愛用的武器消失，在戰場上不只是致命這麼簡單——不明就裡。但是不明也是理所當然。因為這次的消失是十二戰犯之一，他們兄弟倆只知道名號的「水瓶」戰犯幹的好事——史爵士也沒洩漏關於「他」的情報——這份情報甚至在「敵人」之中也被隔絕。「水瓶」之戰犯傀儡瓶。

無論是絕對零度的液態氫還是頂級的汽油，只要形態是「液體」，對這名戰犯來說就只是普通的「水」——輕易就能神不知鬼不覺使其「蒸發」或「揮發」殆盡——使用這種初學者程度的操水術，用不著出現在兩人面前。沒現身當然有著相當的風險，但是和這對兄弟相識的姊弟當幌子代為消弭這份風險。說穿了，這和「雙魚」之戰犯在遠方海岸線殺害「寅」之戰士姤良時，先由「金牛」之戰犯進行誤導的作戰大同小異。之所以沒有完全相同，在於這邊採用三方夾擊。突然失去武器，也無法飛天或遁地，無論是龍還是蛇都等同於失去四肢般的這對兄弟……

被好長好長，像是晒衣桿的一根箭，從側邊貫穿脖子。

不是雙生之心的嬌小姊姊以十字弓射出的箭。再怎麼陷入恐慌狀態，斷罪大哥的視線也不會從對方瞄準過來的武器移開——這反而不妙。既然遭遇槽桶變空的異常事態，就應該謹慎提防所有方位才對。實際上，斷罪小弟一失去武器就對周圍設下警戒網——「地之善導」。如同蛇從地面的震動感應周圍動靜的天分。但是這種天分也對於射來的箭不管用。即使管用，也不可能感應到在十幾公里遠的人造島一角，像是穿過無數的針、鑽過無數的針般射箭攻擊的「射手」。

「射手」之戰犯無上射手。他也是斷罪兄弟只知道名號、情報被隔絕的戰犯。由

「熟人」來「引誘」，由「死對頭」來「擋路」，然後由真面目不明的兩名戰犯聯手，甚至不用露面就拿下這一城——（團隊默契——團結一致。攜手合作，和睦相處……）（可惡，這不就是杜碟凱普對我們的要求嗎——）說來諷刺，在這場十二大戰，戰爭罪犯比戰士更遵守——死守這項規則。身為戰士卻近似戰犯，事先獲得情報，還以為能站在優勢立場參加戰爭的斷罪兄弟，卻在自以為知道的狀況下，甚至不知道是被誰殺害，就這麼被長箭貫穿，一起跪倒在石板地。（得告訴那些傢伙才行……）（不能分散在各處戰鬥……）兄弟倆一反平常的作風這麼心想。

要是不一起戰鬥，就會一起死掉。如同雙胞胎一起死掉。

4

「『水瓶』之戰犯——『淫身而殺』傀儡瓶。」

「『射手』之戰犯——『瞄準而殺』無上射手。」

兩名戰犯在各自的位置，逕自報上自己的名號。或許是對剛才殺掉的戰士自報名號，也或許是對接下來要殺掉的戰士自報名號。

（戰士6——戰犯12）

（第三戰——終）

第四戰

蟹挖洞必量己身

河蟹專家◇

「想要名譽。」

本名凱薩·凱艾薩爾。七月七日出生。身高一六三公分，體重五十五公斤。罪名：內亂罪。原本的工作是調停人，介入戰爭狀態的兩國之間進行調解，其穩重的舉止與親和的個性，至今成功平息許多無意義的紛爭。專業的和平主義者，通常將終點設定為結束戰爭即可（無論是停戰或休戰），但他以完全的和解為目標。這是他的優點，同時也是缺點，這項主義在最後造成反效果。終戰之後依然繼續執拗調停，使得兩國都懷疑他是雙重間諜，結果他至今的所有功績都被剝奪，本應感謝他的各國也將他列為指名通緝犯。實際上，他也經手過許多遊走法律邊緣（踩到法律紅線）的調停，所以沒有解釋的餘地。其實他是第八屆十二大戰的優勝，但是開戰之後短短十二分鐘就獲勝，當時十二歲的這名少年許下的願望是「不把這屆的大戰留為紀錄」，所以沒有任何人記得——不過也因為這樣，所以一部分的「有力人士」對某段時期的記憶模糊不清。話說雖然並非因為他是「巨蟹」之戰犯，但他非常擅長吃螃蟹。當事人解釋說「拆解戰爭的恩怨和拆解蟹肉是完全相同的行為」。

1

第十二屆十二大戰——十二戰士對十二戰犯。但是原本來說，如果要嚴格解釋最初在大舞廳說明的規則，那麼這甚至不算大戰，是單方面的「抓鬼大賽」才對——十二戰士追捕或追殺十二戰犯，總之不問生死，直到十二戰犯全軍覆沒，肯定是這樣的規則才對——然而現狀完全相反，就某種角度來看，甚至不叫做團體戰——現在成績是十二戰士剩下六人，相對的，十二戰犯居然連一名——連一命都沒受傷。六對十二。比分明顯相差一倍，到了這個程度，勝負大致算是底定——要說剩下的時間全都是垃圾時間也不為過，這場比賽就是如此一面倒。即使如此，定期更新的現狀分析姑且還是不可或缺，這份「戰時報告書」就是如此悲哀。

十二戰士——「午」、「未」、「申」、「酉」、「戌」、「亥」。

十二戰犯——「牡羊」、「金牛」、「雙子」、「巨蟹」、「獅子」、「處女」、「天秤」、「天蠍」、「射手」、「摩羯」、「水瓶」、「雙魚」。

誰贏誰、誰殺誰、誰贏得最多、誰殺得最多——以這種視點守護戰局演變的界線，其實早就被突破了——這場戰爭沒依照這份標準進行。因為要是十二戰犯占據十二大戰，別說國家或領土，整個世界都可能被翻轉。

2

不只是植物，連同周圍土壤都深深挖掘移植過來，許多寶貴動植物生息的原生林——不顧一切重現，想必難以在海上都市永遠健全培育的樹海裡，正在進行一場戰鬥。這是連陽光都被隔絕，茂密又深邃的森林，樹木鱗次櫛比的這個密集地帶，沒有任何人欣賞這場瞬息萬變的戰鬥，但是這場戰鬥精采到令人不得不說沒人觀戰很可惜——因為正在戰鬥的是「未」之戰士必爺，對手出乎意料是「午」之戰士迂迂真。第九屆十二大戰優勝的資深強者必爺，和絕對防禦之肉盾迂迂真進行一對一的戰鬥。本屆十二大戰的規則是十二戰士互助合作，所以這是一場本應不可能實現，令人垂涎的捉對廝殺。（只不過，身為當事人，這場戰鬥棘手至極啊——以老夫的新型炸彈「醜怪送終」也炸不出半點燒燙傷，這具肉體何其堅固——何其頑強。武器商人的自尊蕩然無存啊。）必爺巧妙保持距離，有時躲在樹後，有時藏進草叢，重新計算所剩不多的炸彈數量——然而迂迂真的龐大身軀衝了過來，所以他為了閃躲不得不中斷計算。（哎，計算也沒意義。肯定剩不到一半——既然到目前為止的攻防沒能造成像樣的傷害，就算把剩下的炸彈都用在他身上，應該也沒效果。看來必須切換作戰了——）幸好敵人——迂迂真的戰略很單調。貫徹防禦，在這邊喘口氣的時候衝撞——是將鐵壁防禦力直接轉變為攻擊力的作戰，要是挨了這種攻擊，必爺這把老骨頭應該會粉身碎骨吧。不過必爺可沒老到會挨這種衝撞——更正，已經老到不會挨這種衝撞。經驗差太多了。在原生林開戰到現在，對方碰不到必爺一根寒毛——雖然這麼說，但也無法引以為傲吧。因為這種單調攻擊的責任不在迂迂真身上——完全不是反映他身為的戰士能力有多差。

因為迂迂真明顯失去理智，明顯失去真實身分，明顯被某人操縱身心。

（是洗腦嗎——不對，是催眠術嗎？精神操作也不無可能——可能性最高的就是下藥。）武器商人出身的必爺，必然也有研究化學兵器的嗜好，若是比對相關知識，翻白眼又齜牙咧嘴襲擊過來的巨漢身體，接受過某種無法挽回的處置。實在無法想像針筒能刺穿比鎧甲還堅硬的那層皮膚，所以可能是以口服或塗抹方式下藥——可能性最高的是毒氣？（無論如何，可以確定這個剛強的肉盾不只一次敗給十二戰犯——和老夫戰鬥之前就破破爛爛的衣服可以證實這個推論。恐怕是防禦力太高殺不死，所以就改造成傀儡，由此看來，敵人還真是心狠手辣。）「卯」之戰士是「造屍者」，因此十二戰士與十二戰犯的戰鬥是將棋與西洋棋的戰鬥——雖然早就這樣看透（就像是很久以前的往事），不過事情演變成這樣，狀況變得完全顛倒過來。不只是這邊的「造屍者」早早被殺，對方居然也有人能做出類似的事——（若要說黑暗中的一絲光明，就是「傀儡」失去理智，所以只能給予單純的指令——要切換戰略就必須朝這個方向進行了。）

3

「子」之戰士成為「牡羊」之戰犯，窮盡暴虐之能事之後又變回「子」之戰士——的屍體。像是快速換裝般變身，如同小小嗜好般的整裝方式，吸引場中所有人注意力的這段期間，斷罪兄弟之所以能夠若無其事溜出大舞廳，是因為敵陣預先放出（偏頗的）情報給他們，但是必爺的事由不一樣。說起來，他沒有悄悄溜出去。「既然最強戰士已死，既然『造屍者』喪命，聯手戰鬥的誓約也毀了。容老夫獨自戰鬥吧。」他鄭重又客氣地告知之後離開大舞廳——不知道該說意外還是出乎計算，當時沒有任何人慰留他。

與其說沒有任何人——應該說名聞遐邇的和平主義者砂粒沒慰留他。以那個姑娘的個性，必爺猜測砂粒會說「在這種時候更應該團結」之類的話，他打算藉此建構對自己有利的立場。換句話說，必爺雖然和團體戰保持距離，卻想在某些部分繼續聯手戰鬥——這份老奸巨猾很像他的作風，然而計畫整個落空，卻也不能撤回前言，所以只能先離開古城。總之有必要再回頭重返團隊就好，他的臉皮就是這麼厚。但無論是要回到團隊，或者堅持疏遠眾人單獨行動，總之先做壁上觀，觀察十二大戰的演變吧——如此心想的他，移動到登陸時就預定用為藏身處的原生林，卻在那裡巧遇「午」之戰士。對喔，也可以和早就分頭行動的戰士們會合，這邊先自己組隊——必爺剛這麼想，這名巨漢就突然不費吹灰之力撂倒周圍的樹木，以肩膀撞過來——然後變成現在的局面。（老夫剛脫離團隊就像這樣被鎖定，看來這邊早就被監視了——那麼不只這個「午」之戰士，「寅」之戰士或是自以為趁著混亂瞞過眾人偷溜出來的斷罪兄弟，都可能已經淪為犧牲者。）如果他們幫忙反殺最好，不過這份希望應該很渺茫吧。比起成為「傀儡」活下來的「午」之戰士，直接戰死是否比較幸福？這很難說。（老夫也以「倖存者」的身分活了很久，卻也不想為了延長生命而被改造成這樣——寧願安樂死。）一味突擊的迂迂真肯定也是這麼想吧——同情他就應該給他一個解脫。

「『未』之戰士——『先騙後殺』必爺。」

必爺認為即使自報名號，處於不省人事狀態的對手也不會報上名號回應。

「『午』之戰士——『默殺』迂迂真。」

然而不知道是殘留身為戰士的片段意識，還是單純的生理反射動作，「傀儡」做出這樣的回應。只不過，這個聲音沒有傳達給必爺——因為這時候的他以雙手摀住耳朵。他是武器商人，自認已經習慣爆炸聲，即使如此——他一邊移動一邊設置在各處，僅剩的所有「醜怪送終」同時爆炸時，還是必須提防炸彈的「共鳴」。（久聞這名沉默肉盾的聲音其實很好聽，真可惜錯過了聆聽的機會）必爺看著寡言戰士的嘴巴動作感慨心想。

4

「午」之戰士迂迂真的人肉鎧甲，即使被一顆顆炸彈炸到也不會被炸傷或是燒燙傷，既然這樣，就以複數炸彈從複數方向一口氣引爆，這就是必爺擬定的作戰——其實不是。或許可以期待造成些許效果，即使如此——即使從一開始就採用這個作戰，將帶到島上的所有「醜怪送終」同時引爆——也不可能對迂迂真的身體造成重創，這是必爺身為武器商人備感羞愧的判斷。所以他改變攻擊對象——不是瞄準迂迂真，而是一邊四處移動，一邊像是包圍迂迂真般設置炸彈，再以點火裝置遙控引爆，說穿了是攻擊迂迂真的「周圍」——也就是樹木。製作這座海上都市的「有力者」自稱以「保護大自然」為名義，連同土壤搬運過來的這座原生林，必爺要以炸彈進行大規模的爆破——進一步來說，他的目的是讓樹木熊熊燃燒引發大火災。（如果是被下藥操縱——既然不可能以針筒施打藥物，就可能是口服或塗抹下藥——）或者是使用氣態藥物。必爺是這麼推測的，所以他也決定在這時候使用和操縱者同樣的手法——即使是刀槍不入的鐵壁肉盾，氣體還是可以入侵。並不是滴水不漏，甚至連氣體都無法入侵的完美防禦。既然這樣，使用的作戰就是——

用濃煙嗆死。煙燻而殺。

既然毒氣管用，濃煙應該也管用。說穿了就是以原生林為原料的現成安眠藥——以這個狀況會直接進入永遠的沉眠算是美中不足之處，不過必爺的目標是讓這名不會被炸傷或燒燙傷的戰士受到致命傷，所以當然只能說求之不得。在能夠實現任何一個願望的這場十二大戰，這也無疑是能許的願望就是了——（真是的——本屆在團體戰獲勝之後，明明會大手筆讓齊聚的十二戰士各自實現願望，不過能實現的願望愈來愈少了——）曾經在第九屆十二大戰獲勝，實現過一次願望的必爺，有種無法言喻的心情。雖說別無他法，但是要以自己的炸彈殺掉原本是自己人的戰士，他的內心更是五味雜陳——雖然不後悔，卻感到憤怒。是對十二戰犯感到憤怒？還是對十二大戰營運委員會感到憤怒？抑或是對誤判戰局，和團隊分頭行動的自己感到憤怒？必爺不得而知——但他總之脫離危機了。即使四面八方被火焰阻擋，迂迂真依然不以為意，大概是遵照植入的指令，朝著敵人持續盡情毫無情感的衝撞好一陣子，但是終於精疲力盡，趴倒在化為焦土的地面，再也沒起身——脫離危機了。不對，這個判斷還太早——剛才只想殺掉對方，將林立的樹木悉數燒毀，不過冒出的漆黑濃煙不只對巨漢有效，對老翁當然也有效，而且是立竿見影——得趕快避難才行，否則這個作戰會變成窮極之策，成為單純的自爆攻擊。同類相殘會變成同歸於盡——在戰場上，沒有比這更愚蠢的事情。必爺原本是為了暗中潛伏，貫徹隱密行動而入侵這座原生林，卻在這裡陷入九死一生的危機，即使不提這個，他也高調燒掉部分森林，點起濃濃的狼煙，就像是向全島宣傳「這裡有個戰士」——反倒必須盡快撤退才行。（可是這麼一來就愈來愈難回到團隊了——本來是自己人的「午」被老夫煙燻而殺，雖說老夫臉皮夠厚，也沒有臉見其他人。）難道說，包括這一點在內，都完全符合十二戰犯的計畫——十二戰犯的犯罪計畫嗎？很可能是為了讓經驗豐富的老兵遠離，才將打造成「傀儡」的「午」派來交戰——這是一張好牌。（那麼，這時候應該反而和團隊會合，刻意讓敵方失算嗎——這次就難得不管利益得失，切換為生意人的模式吧。）不過，這種生意人的想法或許也被看透——早已被搶先布局吧。「未」之戰士必爺像是沿著不可能存在的獸徑，好不容易逃出持續延燒的原生林時……

「『巨蟹』之戰犯——『紳士之殺』河蟹專家。」

新的對手在出口等待。

5

無論是身為武器商人還是身為戰士，必爺都退出第一線已久，所以評審條列本次規則的目標對象——十二戰犯的名號時，老實說，他心裡幾乎沒有底——因為戰犯和戰士不同，不是「歷史淵源已久」的存在。不過在條列出來的戰爭罪犯之中，有唯一一個例外。這是在某段時期、某個時代，基本上只要待過戰場就肯定聽過的名字——不只是有名，是善名遠播。

戰爭調停人——河蟹專家。

若問現代最為人所知的戰爭調停人，不用說，除了十二戰士之一的「申」之戰士砂粒不可能還有別人——砂粒是引導三一四戰爭與二二九內亂和解的和平主義者，紀錄至今也持續更新——但是在砂粒如此活躍之前，河蟹專家才是被譽為和平使者的人。若說有人能將戰爭從地球上一掃而空，這個人非河蟹專家莫屬，不誇張，他甚至受到此等尊崇。當時的他再怎麼樣都不是戰爭罪犯——反倒是英雄。只不過，這樣的和平主義者成為「往日英雄」的原因，若要全部歸咎給砂粒是強人所難——因為在砂粒登場之前，他就在某個重要的調停失誤，被迫實質引退。（老夫一直以為他連人生都引退——沒想到卻以十二星座戰犯的身分揚名立功——）但他揚的不是善名，是惡名——他立的不是功，是罪。話是這麼說，必爺雖然對此感到意外，但是他更對自己沒這麼驚訝感到意外——反倒一點都不納悶。（十二星座的惡徒究竟是如何組成有系統的團體，老夫原本實在想不透——但若是這位交涉高手在各人之間協調，老夫只能啞口無言了。）「啪，啪，啪，啪。」此時，河蟹專家一邊哼唱一邊拍手。「『未』之戰士必爺，了不起。依照我的計算，您肯定在這裡死於同伴之手——我真的沒料到是由我出面除掉用盡武器的您。」「……這樣比較好吧。」必爺露出死心的陰沉表情聳肩。「不過，像您這樣的大人物，為什麼會加入這場鬧劇？」會被殺。或者是遭到比被殺更慘的下場。必爺明知如此，依然不得不盡禮數——身為活在相同時代戰場上的人，必爺沒辦法在河蟹專家面前持續飾演難以捉摸的好爺子。「像我這樣的大人物？請別這麼說，我對您才應該說『像您這樣的大人物』吧。現在的我是卑微的罪犯。必須成為卑微的罪犯才行。我是『巨蟹』之戰犯河蟹專家。」「即使如此，河蟹專家，能像這樣在戰場見到您，老夫榮幸之至。」「這樣啊。但我會殺你耶？」「老夫也這麼想。」大概是想安慰吧，他說得像是「計算之外」或「出乎預料」的樣子——暫且不提這種貼心的話術是不是昔日戰爭調停人的餘痕——不過站在那裡的老紳士，肯定是看透這邊已經將「醜怪送終」用盡，進而果斷現身。在必爺補充後續武器之前，迅速前來出手——即使現狀真的不在他的計畫之內，這份臨機應變的能力也令人嘖嘖稱奇。「老夫有一個請求。」「看在同為老頭子的分上，請不用客氣儘管說。」「老夫不會客氣，也不會無謂抵抗，所以請不要把老夫做成那種『傀儡』——因為老夫不想在年輕人面前丟了這張老臉。」「確實收到您的請求了。我保證。而且，雖然這麼說不太對，然而『午』之戰士的魁梧軀體，我們不知道該怎麼處理。面對更勝於傳聞的那種防禦力，我們十二星座的戰犯沒人能完全殺死他——所以你殺掉他真的幫了大忙。」（……意思是把他做成「傀儡」不是要他殺人，是要別人殺他？雖然荒誕無稽，但如果是由前英雄河蟹專家擔任首領，很可能擬出這種計畫——）

「能殺的強敵要趁能殺的時候殺掉。這在我們的時代是常識吧？」「嗯——一點都沒錯。那麼，也請趁我灑脫面對的時候殺掉我吧。麻煩您動手了。」必爺這麼說。

「『未』之戰士——『先騙後殺』必爺。」

第九屆十二大戰的優勝者必爺，就這麼得享天年——雖然他的天年始終是河蟹專家設定的，不過這樣榮耀得多。

6

以拐杖傘擊殺經驗豐富的老兵之後，前戰爭調停人的戰犯河蟹專家，確認血花沒濺到西裝之後低語。

「好啦——這麼一來，棘手的傢伙大致處理掉了。開場就成功除掉最強戰士與最危險戰士的『牡羊』果然立了大功。只不過，既然最關鍵的人物——我的後進還在，就不容許掉以輕心。難得是場一面倒的比賽，可以的話，希望就這麼拿下無失分的完封勝。」老紳士假惺惺地這麼說——完封勝。不知道這是否是一種榮耀。

（戰士4——戰犯12）

（第四戰——終）

第五戰

獅子身中蟲

雄獅公子◈「想要星辰。」

本名丹迪·萊昂。身高一八八公分，體重九十六公斤。罪名：妨害國家秩序罪暨叛亂罪。原本是某大國空軍傘兵部隊的戰士，卻以強悍的領袖氣質掌握人心，獲得國民莫大的支持，進而推翻政府。這場革命本身受到全世界讚許，但他後來對賊軍與反對派進行激烈又悽慘的處分（違反人道的處刑方式）引發國際社會議論，而且遭受再強烈的批判也絲毫沒有反省之色，因此在政治上敗北，被發布內容空白的逮捕令，不得不逃亡國外——補充說明以供參考，新國家在他離開之後遭到周邊國家的侵略，被分割統治並且在最後消失。也有人說各國的侵略就是逃亡後的他負責指揮，但是真相不明。相對於只以蠻力成為一國領袖的粗獷大膽形象，也擁有沉迷於天文學的細膩一面，坦白說，首先自稱「十二星座之戰犯」的人正是丹迪·萊昂——題外話，生日星座並非獅子座的他，在坐上領袖寶座的時候改編曆法。也有人說就是這種亂來行徑催生出反對派，但是真相同樣不明。無論如何，他都是軼事說也說不完，充滿神祕的人物。

1

除了基於主題禁止攜帶武器的第四屆，十二大戰基本上依照傳統允許參加者攜帶各種東西，不過這個男人——「獅子」之戰犯雄獅公子，是第一個以大型飛彈當武器，而且以連續發射做為攻擊方式的人——正確來說，是在他這個領袖的指揮之下，由「雙子」之戰犯——雙生之心空襲轟炸十二生肖戰士們用為起始地點的那座古城。異卵雙胞胎姊弟成為戰犯被緝捕的開端是偷竊航空母艦與核子潛艦——偷來的航空母艦派出三架戰鬥機進行地毯式轟炸，偷來的核子潛艦以大口徑砲管連射五十一砲，這些攻擊同時灑落在古城——簡直是一場豪雨，不過是火雨。航空母艦、核子潛艦與戰鬥機，都是雙胞胎應用精神感應進行自動操作，所以沒牴觸「十二戰士對十二戰犯」的規則……即使如此，攻擊規模也過於龐大。可以說只差在還沒登錄為世界遺產，擁有莊嚴存在感的這座城堡粉碎得不成原型，不同於剛才發生在原生林的「小火災」，連煙都冒不出來的模樣，雄獅公子在確保安全距離，頂多勉強感受得到熱波的遠方丘陵地帶親眼目睹。

「咯咯咯，真不錯的火柱。不過，唔～～這樣就死掉了嗎？如果他們乖乖死掉，這場戰鬥就可以就此了斷了。」他說到這裡，取下嘴上的雪茄。「這這很很難難說說。」站在旁邊的雙胞胎姊弟慎重地同時發言。「確確實實，他他們們看看起起來來沒沒在在轟轟炸炸之之前前逃逃離離————不不過過，應應該該不不像像斷斷罪罪兄兄弟弟那那樣樣輕輕易易就就能能對對付付吧吧。」「我想也是。我想想，河蟹專家那位大叔，好像已經解決『午』之戰士與『未』之戰士——還有幾人留在那座城堡？抱歉，我減法不太好。」「還還有有『『申申』』『『酉酉』』『『戌戌』』『『亥亥』』四四名名戰戰士士。其其中中最最該該提提防防的的，果果然然是和和平平主主義義者者吧吧。」「啊～～砂粒小姐啊。我的故鄉變得亂七八糟之後，記得是她幫忙整合的？以哪種形式整合就暫且不提……為求謹慎，讓戰鬥機墜落在那邊吧。即使殺不了砂粒，至少另外三人或許會這樣死掉。」「收收到到。」「也別疏於監視喔。他們跑出來的話就要獵殺，像是肉食獸那樣。」

2

在這波非比尋常的大規模轟炸來襲的不久之前，一個「啪」的聲音——要說是爆炸聲也太清脆的這個聲音，先在古城的大舞廳響起。（咦……哎呀？）「申」之戰士砂粒花了一段時間才察覺這個清脆聲響是自己被甩耳光的聲音——走遍各式各樣的戰場，冒險進行和平談判的砂粒，沒有被人甩耳光的經驗，或許連修行的時候都沒有——打她的是「亥」之戰士異能肉。「等一下！妳喔！還打算悶不吭聲多久？趕快發揮領導能力好嗎？」這個聲音與其說是生氣，形容為歇斯底里或許比較正確——被名門父母將優雅舉止深植到骨子裡的異能肉居然做出這種事，真是不像話。（不對——不像話的是本小姐。）砂粒沒有悶不吭聲的意思，但或許是不知不覺就這麼做了——她一時疏忽，沒跟上瞬息萬變的現狀。明明肯定早就知道會變成這樣——明明肯定早就覺悟會變成這樣，即使如此，不對，正因如此——應對局勢的每一步棋都錯失良機。

「子」之戰士是假的。「丑」之戰士首級落地。「卯」之戰士被刺殺身亡。

這都是想防止就能防止的事——慢著慢著，進行這種反省本身是傲慢嗎？將一切攬在自己身上是砂粒的壞習慣。（所以才會害得小肉這麼不耐煩吧——得重新振作才行。）若要苦惱，事後想苦惱多久都行。先做只有現在能做的事吧——砂粒這次是自己拍打自己的臉頰，然後像是想到般，同樣「啪嘰」一聲打向異能肉的臉頰。「很痛耶！妳這是做什麼啊？」「沒有啦，想說姑且先還手，省得夜長夢多。」「一定會留下禍根吧！剛才的『啪嘰』是怎樣！應該不是甩耳光的聲音吧？」「好啦，各位！」砂粒切換態度，轉身面向異能肉以外的兩人——還沒離開這間大廳的兩人，找不到機會離開的兩人，已經安置的三具屍體當然沒列入——這兩人是「戌」之戰士與「酉」之戰士——開始時集結十二戰士的這間大舞廳，現在只剩下四人了。（即使如此，也應該以「還有四人」的心態看待吧！）「接下來我當隊長，我來主導。有人反對嗎？」「有，隊長。」立刻舉手的是「酉」之戰士——庭取。但她好像不是想一起參選隊長，而是接著這麼說。「我要報告事情。」「報告？」「那個～～剛才氣氛沉重不方便說，所以我沒說，不過剛才離開這裡的五人——包括剛才的老爺子在內——好像都被殺了。」「咦？」像是計畫還沒有離形就先碰一鼻子灰，說起來甚至不知道來源的這個情報，使得砂粒大吃一驚。「還有……」就像是要落井下石，「酉」之戰士可愛地捧著自己的臉頰——或許是害怕被甩耳光，提供一個衝擊性的情報。（慢著，我又不會見人就打……）「好像有戰鬥機與飛彈往這座城堡接近。誰都好，有沒有人擁有挖防空壕之類的必殺技啊？」

3

四名戰士之中，沒人擁有挖防空壕的必殺技（搞不懂這是哪門子的必殺）。找遍全世界大概也找不到，就算真的有，躲在防空壕應該也禁不起接下來三架戰鬥機的墜落吧——如果早一點發出空襲警報，或許會有好幾種應對措施。「酉」之戰士庭取——帶著近似三叉戟，命名為「雞冠刺」這種武器的她，擁有同樣很難形容為必殺技的索敵技術「鷹覷鶻望」——她的視野可以和鳥類連結，堪稱很像是「酉」之戰士擁有的技能。她自己形容是「擅長和小鳥們交朋友」的能力，所以她的視野比一般的戰士遼闊許多——正如字面所述可以「鳥瞰」。進一步來說，只要是鳥類——無論是麻雀、燕子，或者是鴕鳥、企鵝——能夠棲息與飛行的場所，她的「眼」就看得見任何角落。總之，連「造屍者」這種「可以和屍體交朋友」的戰士都存在，即使有戰士可以和鳥類建立友情，如今也沒有任何人會對此感到驚訝，應該驚訝的是她明明早就以這個能力得知這個事實，卻保留到現在才說出來。不是因為庭取的行事主義在於不把自己的王牌透露給己方甚至父母知道（庭取不記得父母是誰，也沒有什麼主義），是因為她遲遲無法決定城外的戰鬥（與其說是戰鬥，應該說是單方面的殺戮）究竟該如何判斷。她事前沒被邀請，所以不像極為近似罪犯的斷罪兄弟能選擇站在戰犯那邊——只不過，她透過鳥的眼睛（在這個場合是海鷗之類的候鳥，或是棲息在島上自然地帶的鳥類）默默「看著」妬良、斷罪兄弟與必爺被殺，是因為沒將他們的死連結到自己的死。部分原因在於就算動身搭救也來不及，但她也找不到搭救的理由。就某種意義來說，庭取是十二戰士之中同伴意識最薄弱的一人——突然被要求和陌生人聯手，她也不知道該作何反應。不過，如果身處的地點會被轟炸就另當別論。若是遭遇生命危險，任何人都會團結一致。看起來是舊識的砂粒與異能肉開始進行莫名其妙的小摩擦，所以庭取開口晚了一點，但她自認是以最快的速度報告。這也是因為失井死後，大舞廳裡沒有隊長，所以她難以決定究竟要向誰報告，但是假設這種藉口成立，聽到報告的砂粒還是會有「應該早點說吧！」的感覺。（明明如果再早一點發布空襲警報，或許就有好幾種應對措施——現在這樣，我只想得到一個方法吧！）

4

雖然決定高調轟炸，但雄獅公子沒真的認為這樣就能殺掉剩下的戰士們——真要說的話，他的目的是藉由火攻，將目標對象趕出城堡。經驗老到的戰士們若是決定死守城內會比較棘手，十二戰犯之中姑且定位為指揮官的雄獅公子，以及擔任參謀的河蟹專家都是這麼想的。十二戰士對十二戰犯，第十二屆十二大戰，到目前為止，他們在這場團體戰占了很大的優勢——作戰不只正如計畫，甚至還順利過頭，因為當前的成績是四比十二——但要是成為長期戰，慣於戰爭的現役戰士當然比戰犯有利。（即使如此，我也不覺得我們會輸就是了……不過大獲全勝比較爽。）所以他想盡量速戰速決——大規模轟炸就是為此實行，還分頭看守古城的所有出口，一旦戰士出現就動手——「酉」之戰士庭取的技能基於隱密性而不為十二戰犯所知，即使如此，如果是直覺敏銳的戰士，如果是神乎其技，位居十二生肖的戰士，應該好歹會有一人察覺戰鬥機或飛彈接近——也應該會同時察覺出口被監視，但這種事也無法斷言。原則上應該會趁著爆炸的火焰與濃煙逃出來——總不會有人擁有挖掘防空壕的技能吧……如果有就好玩了，最重要的是，如果對方是這種戰士，這邊可以輕鬆戰勝。但最輕鬆的是他們全都死於轟炸。「……唔唔？可是……咦？真的沒任何人出來耶。沒人連滾帶爬驚慌逃出來耶。怎麼回事，真的燒死了？有夠掃興——再怎麼說，打起來還真沒成就感。」「要要接接近近過過去去確確認認嗎嗎？不不過過如如果果他他們們逃逃脫脫失失敗敗，屍屍體體想想必必連連一一點點碎碎片片都都不不留留吧吧……………」聽到異卵雙胞胎這個提議，前國家主席的戰犯雄獅公子以充滿派頭的模樣沉思。「…………」

5

城裡當然早就猜到出口應該都被監視，所以要離開大舞廳，離開這座古城，唯一的方法就是製造新的出口——所以，砂粒等四人不是盡快逃離，卻也不是趁著爆炸的火焰與濃煙逃離，而是在城裡待到最後一刻，等待從天而降的燒夷彈與飛彈「協助」破壞城牆與圍欄——等待毫無空隙的彈幕反而在瞬間開拓一條瓦礫崩塌的新路線。坦白說，這個逃脫計畫很吃運氣——正因為「酉」之戰士的「鷹覷鶻望」預先詳細把握對方以戰鬥機攻擊的方針，才能斷然執行這個不只賭命更不知死活的計畫。（而且正因為所有人團結行動才能成功逃離——就算這麼說，也因為是四人才做得到，五人以上就不可能成功了。）「子」之戰士、「丑」之戰士、「卯」之戰士——沒能將他們的屍體搬出來，這名和平主義者懊悔不已，但是換個角度來看，可以說正因為一面倒被追殺到這種程度，才能從大規模的轟炸倖免於難。（即使如此，雖然稱不上「團結一致」，如果大家沒有一起行動，應該會有人犧牲吧——先不提能以「鷹覷鶻望」掌握狀況的庭取，以及全盤信任我的小肉，第一次見面的『戌』之戰士為什麼按照我的作戰行動？搞不懂耶？這麼說來，這名戰士剛才也和我一樣默不作聲——）總之，這件事晚點再思考——現在總之先遠離古城。不過他們逃出來之後，戰鬥機也墜毀了，那座古城已經不存在於這個世上——「依照小鳥們提供的情報，前面好像有一個大洞窟！隊長，那裡沒人監視，暫且算安全喔！」連洞窟都移建過來嗎——這座島的品味有夠差……更正，藝術性有夠高。砂粒一邊如此心想，一邊率領眾人繼續跑。

6

這個洞窟之所以連同周邊岩山移建到人造島，在於不只是垂吊的鐘乳石非常美麗，複雜奇怪堪稱天然迷宮的內部構造也獲得「有力者」的高度「評價」——踏入一步就可能再也出不來的這座迷宮，「獅子」之戰犯雄獅公子與「雙子」之戰犯雙生之心大膽踏入。只不過，當事人們——至少雄獅公子不認為這是什麼特別大膽的行動——如果是未踏之地就算了，既然成為他們「獵物」的戰士們已經先進入此處，那這裡肯定不是那麼危險的地帶。行為舉止如同豪傑，實際上也是豪傑，但是比起野生的直覺，更常以邏輯性的思考行動，這就是雄獅公子的行事方式——獅子的狩獵方式。只不過，他們並沒有目擊戰士們逃進洞窟，甚至沒目擊戰士們脫離古城——剛才雖然一直在丘陵地帶監視，然而雄獅公子與雙生之心從任何角度監視，都沒看到戰士們驚慌從大門、側門、窗戶甚至樓頂逃離——從這一點來看，「申」之戰士所策劃如同幻術的逃脫行動，肯定以成功收場。

不過，雄獅公子決定了。比起雙眼所見，他寧願相信違反直覺的邏輯——戰士們想必，不，肯定已經離開古城。

既然這麼決定——既然這麼斷定，就沒必要特地確認轟炸現場，這麼做是浪費時間。那麼——如此推測的雄獅公子，決定前往該洞窟。那裡是島上的空白地帶，是參謀河蟹專家刻意不監視的場所——總是設下兩層甚至三層陷阱的誘導方式，很像那位老紳士的作風——只要設計逃離路線，設計避難路徑，就可以控制敵方的行動。如同剛才將個性陰晴不定難以捉摸的斷罪兄弟行動模式縮減為唯一的一種。無論如何，既然對方逃離古城又避開監視的眼線，肯定是逃進「那裡」——也就是那個洞窟，所以雄獅公子與雙生之心沒確認就決定直接前往那個空白地帶。靠著這種無與倫比的行動力一度登上國家頂點的雄獅公子，即使路況惡劣又陰暗也不以為苦，大步走在洞窟內部，同時將確認過的岔路悉數破壞——雖說是天然迷宮，但是出入口始終只有一個，所以只要像這樣減少選項，就變得像是甕中捉鱉。負責破壞的是雙生之心兩姊弟的十字弓與戰鎚——兩人精準擊落鐘乳石，適度敲碎鐘乳石，一邊進行突發的岔路封鎖工程，一邊大步走向深處。發出這麼響亮的破壞聲行軍，逃進來的獵物也應該已經知道追兵的存在，不過就算這麼說，偷偷摸摸尾隨追擊並不是雄獅公子的作風——這種傢伙不是公子，更不是雄獅。總是追求規模效益的大器量，是他身為戰犯的賣點——昔日身為戰士的賣點。（好啦——「申」、「酉」、「戌」、「亥」嗎……個個都像是量身訂做的肉食獸獵物，十二大戰終於進入尾聲了。）不是思考「怎麼做才能獲得勝利」，而是思考「要獲得什麼樣的勝利」，他甚至開始有這樣的餘力。然而——

然而，封鎖最後的岔路，藝術般的自然迷宮完全成為單一通道，進而抵達深處的盡頭一看——他們要找的避難者們不在那裡。

（…………？）猜測落空嗎？以感覺來說，比起猜測落空更像是期待落空——只能感到失望了。因為如果沒逃進這裡，只能判斷戰士們已經在轟炸中死亡，否則其他監視者肯定會發現。河蟹專家所設計的萬無一失……應該說刻意百密一疏的這項作戰，對方應該不會破解——說起來，活用航空母艦與核子潛艦的地毯式轟炸本身，肯定就超乎對方的預料。（不然就是在某條岔路被活埋了——嘖。活埋不太妙，有違我的本意。剛才順應局勢……應該說順著氣勢讓戰鬥機墜落，不過為了以防萬一，就讓雙生之心的弟弟命令核子潛艦開砲，將這裡消滅到不留痕跡吧——）雄獅公子甚至決定連善後都要華麗進行，不過說來幸運，他沒必要這麼做——不對，應該是說來不幸才對。「老老——老老大大！」異卵雙胞胎同時大喊。「上上面面！」「上面？」雄獅公子就這麼咬著雪茄抬頭看去——難道戰士們像是蝙蝠貼在洞窟頂部？錯了。洞窟頂部掛著大量的鐘乳石，而且——

而且，飛彈也混在鐘乳石之中，吊在洞窟頂部。

「退避！」雄獅公子遵從直覺，發出昔日只在遭受國家追緝而逃亡時發出的命令——只有這次，他的邏輯思考追不上現狀。為什麼天然迷宮的終點設置了飛彈——至於雙生之心這邊，兩人認出這些飛彈是自己以自動操作大量射向古城的兵器一部分，但是說到這東西為何出現在這裡，兩人甚至連一點頭緒都沒有。

當然，他們可不是笨蛋。

若是大量發射飛彈，按照邏輯，應該說按照機率，必然會有一部分成為未爆彈。轟炸規模愈大，未爆彈也愈多，這種事只要持續思考應該就會懂——規模效益。戰士們離開古城的時候不只是到處逃竄，還從密集的飛彈雨之中只挑出未爆彈回收，如此荒誕無稽的假設，他們或許也已經想到了。既然想得到這一點，應該就能得出以下的結論——他們原本把這個洞窟當成陷阱，卻被對方將計就計，反過來在洞窟設置陷阱。然而雄獅公子與雙生之心都沒能繼續思考。即使不是十二戰士，只要有長年的戰場經驗，就可以隨便使用手邊的任何東西，甚至拿鐘乳石碎片代替打火石，製作出簡易的限時點火裝置。總之，從鐘乳石滴答落下的水珠，剛好可以代替計時器吧。

轟隆～～！

再怎麼以戲謔諷刺的狀聲詞委婉形容，設置的未爆彈也確實悉數完成原本的職責，無須戰犯對戰犯下令，洞窟就消滅得不留痕跡——「獅子」與「雙子」也不留痕跡。

7

打下兩個星座的戰士這邊終於開始反擊，但是比分差距依然懸殊到像是胡鬧——說起來，既然從預先準備為避難處的洞窟撤退，在眾目環視的現在，持續處於困境的四名戰士消失到哪裡去了？

十二大戰還沒進入尾聲。

（戰士4——戰犯10）

（第五戰——終）

第六戰

少女心與秋空

本名安迪・瑪魯埃爾。九月九日出生。身高一五四公分，體重五十二公斤。罪名：敵前逃亡罪、猥褻物品陳列罪、其他輕罪多數。在嚴正規範男女平等的神祕新興國家出生為男性，但是不被法律與同溫層壓力束縛的父母，為了讓疼愛的兒子逃避徵兵制度，將他當成女生養育（該國徵兵只限男性，女性如果自願也可以從軍）。結果，這種「違法伎倆」被體制看透，反而將他送上嚴酷的戰場做為懲罰，但他不只長官，連敵軍領袖都巧妙拉攏，因此這名「罪人」得以一直迴避戰鬥行為——被稱為「籠絡之女神」。基本上他在戰場也一直男扮女裝，不過偶爾也會表現出男性舉止，所以性別眾所皆知，卻始終被稱為女神。他自己希望眾人稱他「籠絡之巫女」，但是只要免於戰鬥都可以。曾經不經意以「女神」身分率領包含敵我雙方的一群人逃離軍隊包圍網，這個團體後來被稱為「處女座銀河團」。此外，愛用的掃把繼承自通曉魔法的奶奶。看起來是竹掃把，其實是以鋼鐵製成，使用靜電集塵的高科技掃把。我說奶奶，這該不會是網購的吧？

1

「啊～～進入洞窟的三人，中了限時炸彈死掉了。是三人嗎？雖然人數是三人，不過透過鳥的眼睛來看，其中兩人感覺是『兩人為一人』——所以，剛才解決的應該是十二戰犯中的兩個戰犯。成功了！真是痛快，宰掉敵人了喔，隊長！」聽到「酉」之戰士庭取充滿活力的監視暨成果報告，「申」之戰士砂粒胸口感到一陣痛楚——她當然不會說「我原本不想殺他們」這種話，也不會自以為要是那些追兵行事謹慎，即使追得太深入也不會被那種陷阱炸死——她反倒已經有所覺悟，如果是意氣風發，敢毫不留情轟炸十二大戰戰場的戰士（何況對方不是戰士，是戰犯），應該會在爆炸中心區域附近，而且是在密閉空間，被限時炸彈炸得非死即傷。從灑落的飛彈雨撿拾能用來設置的未爆彈還製作點火裝置的人，是精通槍砲使用方式的「亥」之戰士異能肉，將炸彈搬進洞窟最深處的勞力工作是由「戌」之戰士怒突負責——敵方預先準備，肯定是陷阱的「看似安全避難所」是「酉」之戰士庭取在第一時間發現，不過擬定這個作戰的人，始終是砂粒這個和平主義者。（一心一意追求理想的和平主義者嗎——真好笑。）當然，砂粒並不是第一次在戰場殺敵，不是第一次在戰場殺人。為了實現和平，她不只一次，不只兩次，不只十次或百次自願弄髒自己的手。她昔日提出的某些和平條約，甚至害死過許多人——這有時候是意料之外的結果，有時候是意料之中的結果。砂粒自認至今總是採取最佳行動，但是在追求理想的過程中，正如理想實現理想的次數少之又少——這次也是被迫不得不反擊。必須對十二戰犯那邊造成打擊，而且是造成絕對不算輕的打擊，否則他們在這場大戰將會一面倒地慘敗——遭到對方恣意殘殺。即使如此，聽到對方有人喪命——聽到有人違背她的理想，按照她的計畫喪命，她還是會心痛。「哎呀～～不愧是隊長！比分變成4—12的時候，我也緊張以為自己站在穩輸的這一邊，不過宰掉壞蛋有夠痛快的！好啦，從現在開始大舉反攻吧！再宰掉十人吧！不然我們會被殺掉喔！」

（…………）要是能像這樣痛快豁出去就好了，要說砂粒完全沒這麼想是騙人的……不過要不是有庭取的「鷹覷鶻望」，肯定無法像這樣成功避難——只有這份功勞無疑屬於腦袋少根筋又吊兒郎當的庭取。或許能以其他方式猜到剛才的轟炸，也能以夠快的速度發現敵方準備的洞窟，並且在裡面設置炸彈——不過，之所以在那之後能夠避開監視，找到另一個避難所，一定得是庭取才辦得到——正確來說不是「找到」，而是只有庭取才能「打造」新的避難所。

四名戰士現在站在「鳥群」上，在天空飛行。

「好像羽毛製作的魔法飛毯耶——以地毯式轟炸的避難場所來說，還挺精采的。」愛好文雅的異能肉看起來很開心——她的個性也和糾葛無緣，即使如此，看起來（始終是在砂粒眼中看來）還是比「酉」之戰士正經得多。砂粒站在戰士與女性的立場，反倒想效法異能肉在任何狀況都要求優雅的這份態度。「戌」之戰士怒突如同想問「這不就像是站在雲上嗎？」的樣子，反覆確認腳底是否穩固——砂粒理解這種心情，如果「鳥群」在這時候散開，他們將從很高的地方，從很高的高度倒栽蔥墜落——因為現在是勉強「鳥群」在高於戰機飛行的高度盤旋以防萬一。「若要說勉強，『鷹覷鶻望』原本是監視用的手段，不是像這樣用來移動的手段喔。」庭取說。「這得付出不少代價喔～～因為這次是答應將屍體『鳥葬』才請得動小鳥們工作。啊，不過即使將『雙子』之戰犯算成一人，這次第十二屆的十二大戰，最多也會出現二十三具屍體。」「妳打算只有妳一個人活下來？」「咦，這樣很奇怪嗎？但我認為十二大戰本來就是這麼回事……如果惹妳不高興，那我道歉。對不起。話說下一個作戰是？我洗嘴恭宣喔。」「妳是要張揚作戰嗎？是『洗耳恭聽』吧？」庭取的少根筋連異能肉都傻眼，但不提這個，總之飛上天空的現在，得以逃離四面八方被封鎖的困境——即使仰望天空，隱約看見動作奇特的鳥群，砂粒也不認為敵方有哪個異想天開的戰犯會相信「魔法飛毯」的存在。（而且無論如何，這次的反擊「成功」了——再也沒有完封勝這種結果。雖然甚至不算是開心的失算，但是只要「意氣風發」的那個戰犯不在，對方肯定也會暫時停止攻擊——這樣就爭取到思考時間了。）若問在逃脫過程發現哪些勝機，那麼說來諷刺，庭取以「鷹覷鶻望」觀看先離開古城的十二戰士（「寅」之戰士、「午」之戰士、「辰」與「巳」之戰士、「未」之戰士）和十二戰犯的戰鬥之後，得知敵方遠比己方擅長團體戰。除了先前隻身潛入十二戰士的「牡羊」戰犯，都是以更勝於搭檔的默契在行動——殺害「未」之戰士必爺的老紳士也是行事謹慎，派出「午」之戰士迂迂真先攻——原生林的那場戰鬥，「小鳥們」也看在眼裡——這應該看成老紳士與迂迂真的聯手出擊，進一步來說是老紳士和操縱迂迂真的戰犯聯手出擊。雖然老紳士應該沒軟弱到因為己方陣營受創而痛心，即使如此也肯定不得不進行應對與處理——現狀是4—10，戰力依然難免有段差距，但是說到可乘之機，果然就在這裡吧。（可是……最難應付的就是那位「老紳士」吧。從身高體型來看，那個人應該是「巨蟹之戰犯」河蟹專家——雖然沒見過，卻是我的前人。戰爭調停人——雖說已經墮入邪道，不過既然深謀遠慮的策士站在戰犯那邊——下一個作戰嗎？講得真簡單啊。）這邊有時間思考是好事，但這也等於給對方時間思考。雖然好不容易成功避免對方仗著戰力蠻橫取勝的事態，然而接下來的老練花招該如何對抗——何況即使以庭取的「鷹覷鶻望」，十二戰犯之中依然有好幾人不知去向。既然「牡羊」偽裝成「子」潛入，這邊等於已經暴露某種程度的底牌——就砂粒看來也是最強戰士的「趕盡殺絕的天才」，以及實力雖說是未知數，在團體戰應該會成為強力作弊鬼牌的「造屍者」是敵方優先下手的目標，這個事實也在某種程度證實砂粒的推測。總之，即使敵方已經知道「鷹覷鶻望」這個能力，但現在這個用法連擁有者都沒想過，所以肯定超乎敵方的預料——「又不吭聲了，怎麼啦？想再被本小姐甩耳光嗎？」雖然不至於真的甩耳光，但異能肉重新面向砂粒，挑釁般這麼問。「不用擔心，下次本小姐會直接殺掉他們——以平常使用的這兩挺機關槍『愛終』與『命戀』殺掉，不會勞煩和平主義者——比分至少要拉回到4比8的兩倍差距，否則太不像樣了。」這是在慰勞嗎？不，應該只是挖苦吧。不是挖苦就頭痛了。「小肉，謝謝妳。那麼，接下來就以機關槍為核心思考策略吧——思考和平策略。」「和平策略？」「沒錯。說來驚人講來驚人，是使用機關槍的和平策略——」砂粒虛張聲勢打趣回應，不過實際上，她沒有時間思考策略。

「『金牛』之戰犯——『立誓而殺』非我莫視。」

「『處女』之魔法少女——更正，『處女』之戰犯——『服侍之殺』鋼鐵侍女。」

因為兩名戰犯突然現身，停靠在翱翔於雲海的羽毛製魔法飛毯。

2

眾人之所以懷疑自己的眼睛，不是因為敵對勢力突然出現在原本以為是安全圈的高空——戰士的類型也各有不同，即使稱不上常見，但也不是沒有戰士不會飛行。實際上，在十二戰士之中，就有使用火箭燃料液態氫，能飛得比鳥還高的「天之扣留」——即使在對流層也不是完美的安全圈。戰士們看到會飛的人類即使驚訝，卻不會懷疑自己的眼睛。但現在的他們還是懷疑了，因為出現的敵對勢力，居然是騎著掃把現身——如同美好傳統時代的魔女那樣。看到婚紗與侍女服騎著掃把登場，當然會懷疑自己的眼睛、自己的常識或自己的理智是否正常。原來即使在可能受寒的這個高度，也可以這麼自由穿搭衣物啊——以彈性思考平息許多戰爭的砂粒完全沒心理準備，瞬間被剝奪思考能力。如果這是對方的目的，只能說現在是完全按照劇本走的大成功。「不給思考的空檔，也不准喘一口氣或半口氣，這就是我們家智將的方針，是封神演義。」穿侍女服的那個人——「處女」之魔法少女，更正，「處女」之戰犯鋼鐵侍女就這麼騎在掃把上，親切說著馬虎的諧音冷笑話（註1）。「所以你們是西遊記嗎？」（……意思是我是孫悟空，小肉是豬八戒？）不過，沙悟淨與三藏法師的角色，要怎麼分配給「酉」與「戌」——不行，忍不住就認真面對毫無意義的胡鬧，也是砂粒的壞習慣。（不過，他們發現的速度比我預料的快——哎，既然有戰犯擁有「魔法掃把」這種法寶，「魔法飛毯」也沒那麼超乎意料是吧。真是奇幻，而且真是美妙。）不過，飛天掃把加上侍女服——而且，雖說預先聽過來自「鷹覷鶻望」的情報，跨坐在掃把後座（？）的婚紗女，也頗為令人吃驚。（總是以搭檔以上的默契行動——如果我們也能按照這個原則該有多好。總之，他們不是戰士，是戰犯——所以武裝的自由度也更高是吧。）或許不是自由度高，是主張比較強烈——那麼，有可能以他們的主張為主題進行對話嗎？大概是已經從驚嚇中回復，「亥」之戰士雙手各架起一挺機關槍，手指掛在扳機上，「戌」之戰士像是隨時會撲過去啃咬般齜牙咧嘴，「酉」之戰士歪歪扭扭架起一把三叉戟（？），但如果是這種程度的應戰態勢，砂粒一個人就能介入阻止——「欸，要不要跟我們和解？」砂粒才這麼想，對方就先發制人這麼說，真的完全不給她思考的空檔。（和——和解？）這是——這是和平主義者的專利才對。不，錯了，對方也有一名戰爭調停人，只是已經退休——已經被記過開除罷了。（也就是河蟹專家——可是……）「呵呵，要在此發誓無法

註1 日文「方針」與「封神」同音。

信任嗎？」砂粒一時遲疑該如何回應時，後座（？）的婚紗朝著砂粒與再度吃驚的戰士們露出笑容。「這不是陷阱題，也不是整人猜謎，我在此發誓——大王被殺就是這麼嚴重的創傷，我在此發誓。」（動不動就發誓有夠煩的——大王？）是指雄獅公子嗎——即使嚴格來說不是王，不過提到站上一國頂點的戰犯，就只有「獅子」之戰犯雄獅公子一人——所以在洞窟被炸死的其中一名戰犯果然是他。「雖然從比分來看是我們占壓倒性優勢，甚至可以提前結束比賽，但是領袖被殺之後，我們的士氣終究也下降了——所以，先不提是否要和解，要不要暫時停止衝突，坐上談判桌溝通看看？就是這麼回事。就當成邀請你們一起交換情報。」「……………」「怎麼了？不接受嗎？先不提殺氣騰騰的三個跟班，以孫悟空的立場，這不就是臨河剛好有船渡嗎？」（既然認為孫悟空有跟班，看來他果然對西遊記不熟。）或者是雖然熟，卻豁出去不管這種程度的瑕疵而這麼說……（拜託別說小肉是我的跟班，不然她之後會找我吵架。）明明久違好不容易相處融洽，砂粒不願想像現在在她身後的異能肉臉上是多麼不優雅的表情——只是，對方剛才說「臨河剛好有船渡」這句諺語沒有錯。雖然在高空搭乘掃把或飛毯講這句諺語不太對就是了——由於還要遵守十二大戰的規則，即使是以悠閒處世為宗旨的砂粒，也不認為雙方可以順利和解，不過能夠坐上談判桌，確實是極為實際的第一步。只過——（既然是由戰犯那邊提議……只能說又被搶先一步了。）先下手為強——他們不就是以這種方式將戰士們逼上絕路，導致差點提前結束比賽嗎？這樣算是牽強附會嗎？只是因為「這邊想提議的話題先被那邊講了，所以不經意變得抗拒」這樣嗎？不，不是的。分析「鷹覷鶻望」的情報來看，斷罪兄弟趁著混亂離開大舞廳的行動原理，明顯早就和戰犯那邊串通——雖然終究不到確信的程度，卻可以推測敵方勢力早就想挖角他們兩人。既然這樣，就不能貿然接受來得太快的這個談判邀請。雖說有船可渡，但這艘船是泥船。不該譬喻為西遊記，而是咔嚓咔嚓山——十二生肖沒有狸貓。「要拒絕就拒絕，快點決定吧。因為要是拒絕，我們會進行下一個行動。」（進行下一個行動？）在這種場合明明只會開戰，對方卻講得相當賣關子——某方面來說肯定是故弄玄虛。然而這些戰犯不是戰士，原本就很難從外表想像戰鬥方式。侍女服與婚紗，即使沒成功殺死，也讓「午」之戰士奄奄一息的這兩人，究竟是以何種方式戰鬥？這場戰鬥是在室內進行，所以「鷹覷鶻望」捕捉不到。「砂粒小姐，怎麼了？這不是妳最喜歡的和平嗎？沒道理不上這艘船吧？」（真羨慕庭取這麼悠哉。）「……小肉，還有怒突兄，你們覺得呢？」砂粒決定也先徵詢另外兩名戰士的意見。無論要不要坐上談判桌，都不是她一個人就能決定的事。「比分占優勢的一方提議談判，怎麼看都像是同情弱者，本小姐相當難以接受。」平常就將兩挺機關槍提在雙手的異能肉，其實不像自身形象那麼好戰。但因為她自尊心強，所以即使留下並肩同行的餘地，也還是會像這樣保持距離——但也可能單純在提防兩名來歷不明的戰犯罷了。（可能左右勝負的重大事件，我不想以表決來決定，但既然小肉這麼說，那還是——）「——我想接受邀請。」至今幾乎沒說話的「戌」之戰士怒突這麼說——砂粒剛才問是問了，卻不太期待得到回應，所以冷不防被怒突的聲音與話語的方向性嚇到——雖然是在這場十二大戰第一次直接見面，但砂粒明明聽說「戌」之戰士是超越好戰的狠角色才對。即使傳聞理所當然不可信，但砂粒一直覺得怒突安分到這種程度很誇張——言行沉穩到一點都不像「戌」，何況好不容易開一次金口，居然是說要坐上談判桌。如果這是表決，那麼贊成票就是「戌」與「酉」兩票——既然「亥」是偏向反對的保留票，那麼即使「申」明確投下反對票，贊成票還是最多。（我不想以表決來決定，要以指揮官的身分做決定。可是……）別說敵方的想法，連己方的想法都看不透——交情已久的異能肉在想什麼還算好猜，不過看起來奔放卻好像暗藏心機的「酉」以及不改慎重態度卻想受邀談判的「戌」，到底在打什麼主意？（如同斷罪兄弟可能預先被敵方拉攏，怒突也接受過真假不明的挖角？所以想和十二戰犯打交道？）懷疑別人不是什麼暢快的事，但是必須好好考慮這種可能性——依照不可靠的傳聞，「戌」之戰士可能涉及兒童買賣——

「我的回答是NO。」

砂粒這麼說。侍女服詫異歪過腦袋。「NO？記得這在法語是『YES』的意思？」「是NO的意思。我不能答應。而且『YES』在法語也不是『NO』吧？」「啊，是喔。真可惜。不，我不知道參謀先生怎麼想，不過以我們的立場來說，反倒很開心嗎？妳說對吧？」侍女服說完轉頭看向婚紗——婚紗以笑容回應。友善的笑容與恐怖的笑容——他們在達成什麼共識？我下錯結論嗎？（不，這樣肯定沒錯——說NO肯定沒錯。）不只是因為怒突的舉止有異——這也是原因之一，不過真要說的話，砂粒採用的是異能肉的意見。異能肉在後方散發的氣息，像是對砂粒的結論感到驚訝，不過十二戰士這邊的戰力還完全屈居劣勢，難以接受談判的邀請。砂粒不認為能進行有效的討論，這邊可能吞下不利的條件。（而且如小肉所說，至少要將差距拉回到兩倍，否則無從談判。沒想到我這個落人笑柄的和平主義者，居然會有拒絕和平談判的一天——）切換心情，準備進入戰鬥階段吧。選擇戰鬥的隊長當然要首當其衝。雖然不知道這兩名戰犯的戰鬥方式，但唯一確定的是他們打贏「午」之戰士——要從誰開始壓制呢？

「『申』之戰士——『和平之殺』砂粒。」

砂粒自報名號，準備從魔法飛毯跳到魔法掃把，不過戰犯們這次也搶得先機。

侍女服將婚紗從掃把上推落。

「咦……？」總不可能是幫忙空出座位吧——又不是電車，魔法掃把應該沒有博愛座這種東西。然而實際上，頭紗隨風飄揚的高䠷新娘逐漸墜落——掛著恐怖的笑容墜落。「怎……怎麼回事——意思是要在地面打？」「不。任務失敗的我們，要以死做為懲罰。」侍女服戰犯說完，像是要追隨婚紗戰犯，輕盈從魔法掃把跳下去。雖然按住差點掀起來的裙子展現修養，但他輕盈的身手淘氣到和文雅無緣。「敵前逃亡。上頭吩咐，要是邀請被拒絕，我們得死在妳眼前。如果有人因為妳的決定而死，即使這個人是敵人，妳應該也會備感痛苦。妳就眼睜睜看著這一幕吧。」「等一下——」「我不等～～路克小姐好幾年前就已經是行屍走肉，我則是早就覺得與其戰鬥不如早點死一死喔喔喔喔喔——」魔法掃把在戰犯們放手的剎那靜止，但魔法飛毯是生物會持續行動，所以朝著從高空墜落的兩人伸手也已經搆不到——無論從正面或側面，無論是身影或聲音，都在眨眼之間遠離。如果手上有如意棒就另當別論，然而「申」之戰士不是孫悟空。（天……天底下——天底下有這麼野蠻的談判手法？這就是那兩人被吩咐進行的「下一個行動」？只為了打擊我的內心？）料想不到的進展令砂粒啞口無言。「那個～～隊長，抱歉在百忙之中打擾，不過，能先讓工作到現在的小鳥們吃掉那兩人嗎？」庭取如同落井下石，戰戰兢兢對砂粒這麼說——看來庭取以「鷹覷鶻望」的能力「看見」兩人摔死的屍體了。這個能力優秀到不必要的程度。（如果只是要打擊我的內心，光是做個樣子就很有效了，但這甚至不是「裝死」作戰——）

究竟把生命當成什麼？

究竟把敵方的生命、己方的生命、自己的生命當成什麼？（生命——生命的數量。至少要拉回到兩倍的差距嗎——）啊啊，如果是算盡一切所進行的懲罰，那麼一切都無須多說。無須多說。無須多說。「……ＹＥＳ。」砂粒咬緊牙關，以細微卻果斷的語氣說——基於「ＮＯ」的意思輕聲說。「開始談判吧，河蟹專家。」

3

新舊和平主義者的對決——猿蟹合戰開始。

（戰士４——戰犯８）

（第六戰——終）

第七戰

天秤兩端定分明

史爵士◇

「想要懲罰。」

本名亞隆·史密斯。十月十日出生。身高一七八公分，體重五十七公斤。罪名：法庭侮辱罪。原本是軍事法庭的法官，但是在任何戰爭罪犯犯下任何罪狀的審判法庭都連連判決無罪而舉世聞名。惡名昭彰。為了讓原告與被告和解，甚至不惜私下交易，為了赦免罪過不惜採取任何手段——包括暗殺。不把罪過當成罪過，不把審判當成審判的這種態度，想必不可能永遠維持下去，說來理所當然，他就任最高法院法官第五年就被提告。雖然是將許多被告判決無罪的「赦免者」，這時候卻沒有任何人為他辯護。看來即使是獲判無罪的被告們，也認為他過於極端的態度是錯的，所以無從袒護。法院判決有罪，罷免他的法官職務之後，他依然只懷抱著「判決者」與「赦免者」的矜持，隨身攜帶天秤做為自己的象徵，但他自認以秤砣當成武器是失敗的選擇。雖然理所當然，不過秤砣很重。不是赦免工具，是秤重工具。

1

侍女服與婚紗這兩名能幹的信差——就各種意義來說能幹，以另一種意義來說是不要命的信差——沒將談判桌的位置告訴砂粒他們，不過只要以羽毛製的魔法飛毯在空中飛翔，並且持續「鳥瞰」海上都市，大致就猜得到十二戰犯的智囊究竟想在哪裡設席會談——這對調停人來說是初步的要點。第一候補無疑是位於人造島中央的古城，但那裡已經不成原型，不留痕跡，所以是第二候補——競技場。只看該處的奇特設計，無從得知是從哪裡移建過來的遺跡，但那裡具備煞有其事的風情。看起來能容納十萬人的觀眾席當然沒有任何人，應該能劃分為三個棒球場，寬敞至極的舞臺上，在此時此刻——

戰士與戰犯，合計十二人聚集在此處。

十二人——這是十二大戰原本可以參加的人數，這麼想就覺得所有人接下來要開始進行和平談判，甚至可以說不只挖苦更是諷刺，是可能被當成忤逆營運委員會的奇特行徑。十二人——細分的話是戰士四人以及戰犯八人。「申」之戰士——砂粒。「酉」之戰士——庭取。「戌」之戰士——怒突。「亥」之戰士——異能肉。「牡羊」之戰犯——友善綿羊。「巨蟹」之戰犯——河蟹專家。「天秤」之戰犯——史爵士。「天蠍」之戰犯——蹦髑髏。「射手」之戰犯——無上射手。「摩羯」之戰犯——天堂嚮導。「水瓶」之戰犯——傀儡瓶。「雙魚」之戰犯——終結醫師。雙方各排成一列，洋溢的氣氛甚至像是要進行一場以禮為始以禮為終的球賽（「好，知道了，那就用板球決勝負吧！」），不過，無論這場會談如何進展，唯一確定的是不可能得出充滿運動家精神的這種結論——就這麼中計被引出來的戰士這邊，砂粒身為名義上的隊長，首先向直接對峙的敵方勢力進行戰力分析。（所有人都是「初次見面」吧——不過已經看過指名通緝的照片或畫像了。）光看就洋溢自我個性的八名戰犯之中，引人注意的果然是砂粒心目中的「偉大先人」，西裝穿得筆挺的老紳士——「巨蟹」之戰犯河蟹專家，以及膽敢在和平主義者面前秒殺「趕盡殺絕的天才」與「造屍者」的「牡羊」之戰犯友善綿羊。（這次是沒偽裝的真實面貌嗎——但現在這樣也不一定是真實面貌就是了。是個看起來溫順的女生。好像綿羊。）身為現役的戰爭調停人，可不能將視線從傳說中的暗殺者「天蠍」之戰犯蹦髑髏（原來真實存在啊……）那裡移開，但是除了這些不容大意的戰犯們，砂粒還不得不注意另外兩人「摩羯」之戰犯與「雙魚」之戰犯。身穿病人服坐輪椅，氣色很差的少女——天堂嚮導，以及站在她身旁，身穿白袍提著醫師包，冷漠板著臉的女性——終結醫師。(就是那兩人……)砂粒心想。(那兩人就是怒突的——)

2

「咔嚓咔嚓山嗎?老奶奶將狸貓煮成火鍋給老爺爺吃的殘酷描寫,在現今的時代常常被省略,是否應該像這樣將原作改動,至今依然眾說紛紜,不過話說回來,老爺爺本來就想把狸貓煮成火鍋來吃,所以應該是半斤八兩……這就是隊長想表達的意思吧?」

「庭取,妳真的有在聽我說話嗎?」為什麼只注意到「咔嚓咔嚓山」這個關鍵詞?砂粒如此心想的時間點,是在競技場進行和平論戰的一小時之前。當時他們還在搭乘名為魔法飛毯的究極私人噴射機——砂粒身為隊長,身為獨斷說「NO」沒多久就改說「YES」,實踐朝令夕改這句成語的隊長,必須在開始和敵方談判之前和己方談談——坐上談判桌的時候,要是這邊的意見沒有整合,以最壞的狀況將會當場起內訌,這或許才正中對方的下懷。砂粒的這個推測絕對不是疑心生暗鬼的產物——砂粒和「亥」之戰士異能肉兩人,以往在各種戰場曾經是敵方或己方,曾經是假扮敵方的己方或是假扮己方的敵方,所以砂粒自認兩人多少知道彼此的個性,不過「酉」之戰士與「戌」之戰士果然令她在意——尤其是怒突的難解態度。有時候，不深究對方的苦衷也是實現和平的手段之一，但是以本次來說，事到如今可不能這麼做——非得推心置腹才行。（我自己當然也不例外——雖然小肉早就看透，但我這次的表現也不算正常——這次在各方面都反常。）砂粒就這麼下定推心置腹的決心，在飛毯和眾人圍坐成一圈開始討論——所以，聽到庭取這段雞同鴨講的回應，砂粒覺得氣勢被剝奪殆盡。（哎，這大概是她自己的處世之道吧——不認真面對任何事，將一切都當成虛構的童話看待。）對於庭取這種夢幻般的個性，可能有人覺得可靠，也有人覺得很好操控，不過自認是現實主義者的砂粒，將她視為相當棘手的人物。「正經」行不通——「真實」也行不通。「如果是抱持殺意襲擊的敵人就算了，非戰鬥人員一個個死掉，本小姐也覺得不太舒服，沒有優雅可言。」異能肉在這一點就很好懂——雖然價值觀和砂粒差很多，但行事有明確的準則，所以交易可以成立。「如果戰犯那邊表示不想打，那麼和解也是可行吧。因為他們不是戰士。不過，談判就交給妳負責喔——本小姐不擅長這種細膩的操作。」戰法細膩的戰士居然講這種話？砂粒如此心想，但只有心想沒說出口。總之，到這裡都符合預定計畫——好啦，問題所在的「戌」之戰士呢？「欸，怒突兄，你為什麼贊成進行和解談判？我不懂你在那個狀況投贊成票的理由。」「……以為我會二話不說撲過去咬嗎？」怒突露出像是自嘲的笑容回應了。還以為他會拒絕回答，但他自己或許也判斷現在已經不是能繼續默不作聲的狀況——不是這種困境。「和平主義者的大姊，看來妳也耳聞我的惡名，我好高興。」（大……大姊？）是對於「怒突兄」這個稱呼的還擊嗎？為娃娃臉苦惱的砂粒聽到這種稱呼反倒有點臉紅。「大姊，我啊，可不像妳或是妳猜測早就被挖角的斷罪兄弟那樣，事前就掌握到關於本次十二大戰主題的情報。我可是滿心想和十二戰士痛快廝殺，費盡心思擬定作戰，以皮笑肉不笑的心態登陸這座島喔。」「…………」關於斷罪兄弟的推測，砂粒剛才已經告訴眾人——但是關於十二大戰的可疑動靜，砂粒雖然預先掌握端倪，卻還沒有說出口——明明接下來才要慎選言詞說出口，怒突粗魯又愛理不理的這份態度是虛晃一招的嗎？「不過啊，如各位所知，我和斷罪兄弟一樣，是比較類似戰爭罪犯的戰士。無須比較。也可以說我極度近似戰爭罪犯。」「…………」「所以，若要和戰犯相互廝殺，我可敬謝不敏。我只是這麼覺得罷了……大姊，我這樣算是說明了嗎？」對於聽起來也像是不負責任的這段說明，回答「本小姐覺得不算」的不是砂粒，是異能肉。砂粒不會用「本小姐」自稱。「你無論是戰士還是戰犯，都肯定是十二大戰的參加者吧？滿心想痛快廝殺對吧？戰士自己相互廝殺就ＯＫ，和戰犯相互廝殺就想避免，這樣不合道理。」「小姐，我可不想合什麼道理喔。」（我是大姊，小肉是小姐，那麼庭取是什麼呢？）砂粒的思考有點脫線。「啊～～啊～～知道了啦，我說實話吧。畢竟是一點都不重要的事，我也沒那麼堅持。這件事很單純，對你們來說一點都不重要——對『那些傢伙』來說也不重要。只有我在意這種事。」怒突明顯裝模作樣伸一個大懶腰之後說。「那些人之中，有兩個是我的學生。」

3

「學生？學生的意思是——」「說『學生』可能不太對。也不是徒弟。是以前我賣掉的小鬼——也就是『商品』。」兒童買賣——不可靠的傳聞也混入些許真相是吧。「『摩羯』之戰犯——天堂嚮導。『雙魚』之戰犯——終結醫師。那兩個傢伙應該已經不記得我了，不過，該怎麼說，畢竟是優秀的商品——是人類兵器，所以我懷念回想起來了。原本期待她們將來或許會成為了不起的軍人，沒想到會在戰犯名單聽到她們的名字，可真是嚇到我了。只不過，我賣掉她們的時候，她們還沒有天堂嚮導與終結醫師這種稱號——」怒突說著張開雙手，如同表示不想再多說什麼——確實，只要說這些就夠了。發表第十二屆十二大戰的主題時——列舉十二星座戰犯名號做為戰鬥目標時，原本「滿心想痛快廝殺」的怒突被何種想法束縛，如今充分可以想像。充分到過多的程度。(「學生」嗎——即使不太對，卻也不小心會這麼稱呼她們是吧。)「……所以你想避免廝殺？如果能談判就想談判？先不提是否和十二戰犯所有人，至少對於她們兩人——」「不是那種感傷的心態喔。和認識的人廝殺，在戰場是稀鬆平常的事。是很常發生的事。我也想過，既然她們墮落為戰爭罪犯，應該由我這個昔日監護人送她們最後一程——所以我在猶豫。大姊，我和妳一樣，沒辦法決定方針。」「…………」「所以妳剛才問我要不要進行和平談判，我不小心投了贊成票，但這也算是我內心的一點迷惘。我已經覺得很麻煩了。可以當成我只是一時失常，或是我發牢騷亂講話——咯咯咯。如果現在再問我一次，我可能會說和平談判簡直荒謬至極，或是說因為見面會尷尬所以要宰掉她們。」「……我是這種個性的傢伙。」砂粒說。「所以既然那邊有你認識的人，我會想以這層關係當引子，巧妙引導雙方和解——不過那邊肯定不記得你嗎？」「記得才麻煩吧？因為我當時是魔鬼教官，她們搞不好早就計畫要好好『謝謝』我。如果是這種狀況，去談判等於送死。」「…………」「那個，那麼，恕我冒昧整理一下剛才的討論。」庭取像是要拭去逐漸沉重的氣氛般拍響雙手。「換句話說，『咔嚓咔嚓山』的最後，兔子遭到狸貓的報復，不過從老爺爺的飲食習慣來看，兔子後來被美味享用了對吧？」「庭取，妳不必再聽我們討論了，好嗎？」

4

（看來不記得了。）時間回到現在，在競技場面對十二戰犯——還存活的八人，砂粒確認「摩羯」之戰犯與「雙魚」之戰犯看都不看怒突一眼。從肩並肩的角度看不見怒突現在的表情，不過兩名「學生」看起來並未因為和恩師（也可能是怨師）重逢而高興——雖然不確定怒突對此有什麼想法，不過砂粒站在調停人的立場，只能正向解釋為這也是一種好事。實際上，孩童時代被當成商品賣掉的戰犯，憎恨人口販子的可能性比較高——如果她們後續經歷的人生足以忘記這件事，砂粒個人不免想同情，但現在連這都不被允許。這不是個人戰。（終結醫師是從背後刺殺「寅」之戰士——雖說是醫療班，卻也不是無法戰鬥。「摩羯」之戰犯像那樣坐在輪椅上，就算這麼說，也不一定真的不良於行吧——）簡易分析完畢。然後……

「初次見面，砂粒小姐。久仰大名。能像這樣見到妳是我的榮幸。」

「初次見面，河蟹專家。久仰大名。我並不想以這種行事和您見面。」

新舊調停人對決。雖說坐上談判桌，但競技場實際上沒準備桌子。十二戰士與十二戰犯，正確來說是四戰士與八戰犯，現在是站著面對面，隨時都可以開戰的間距。只是，如果現在在這裡開始廝殺，砂粒認為人數屈居劣勢的戰士這邊占了優勢。當然，「鷹覷鶻望」正在競技場的上空監視全場——先不提角色個性，「酉」之戰士庭取的監視技能，在談判場合好用到卑劣的程度。砂粒自然不認為老紳士沒準備任何對策——即使在檯面上直接見面，檯面下也在相互鬥智。「那麼，來尋找妥協點吧。砂粒小姐，以妳的個性，肯定有在摸索在場所有人活下來的方法吧？」河蟹專家露出看似柔和的表情，拐杖傘輕敲地面。「我的想法也完全一樣。希望所有人得救。戰士與戰犯應該都同樣不想死吧。」「……那兩人不是也不想死嗎？」「不，那兩人想死喔。只有那兩人是這樣。」「…………」「說得也是。基於這層意義，我們沒你們想像的那麼團結。比方說——史。」看到砂粒安靜不說話，河蟹專家向自己陣營這麼喊——被叫到的戰犯，披著斗篷的這名戰犯前進數步，停在敵我兩列正中央的位置。（史——他是史爵士。「天秤」之戰犯——）就砂粒所知，記得他是前最高法院法官，卻缺乏這種威嚴與魄力，總覺得整體來說給人平坦的印象。當成註冊商標般單手提著秤砣的模樣很奇特，但是在看過侍女服與婚紗之後——看過侍女服與婚紗的自由落體之後，就覺得沒什麼好奇怪的。雖然光是這樣就很詭異，不過史爵士的立場，確實和一般想像的戰爭罪犯不太一樣吧。（連續判決無罪——應該說幾乎只會判決無罪，因而被革職的法官——）不只是和平主義者的程度，如果只看這部分，他是難以置信的博愛主義者——引導許多戰爭和解的砂粒，不曾在無人受罰也無人負責的條件下平息戰端。（換個角度來看，他也是過於誇張的無責任主義者——正因如此才會被罷免，當成戰犯看待。）「怎麼樣？要不要由這位『天秤』擔任談判的見證人？會談也需要有人負責主持吧——我這個來日不多的老人，想避免無止盡的爭論或是你說我不說的窘境，這只是浪費時間。」「我也不一定來日方長就是了。」砂粒幽默回應。「就這麼做吧。」她答應了。「公正法官的登場正合我意。」若說斷罪兄弟與怒突是極度近似戰犯的戰士，那麼也可以說史爵士是極度近似戰士的戰犯——史爵士始終是十二星座之戰犯，所以別說公正，甚至無法期待他中立，不過在這種場合，有人主持確實能讓會談順利進行。若是對進行方式感到不滿，到時候再說出來就好。反倒可以因為這種不公平而獲得優勢。基本上先不提實際戰力，既然對方擁有人數優勢，就不得不讓出某種程度的主導權——比起在和解條件上妥協，這種程度的讓步反倒如砂粒所願。「那麼，如果雙方都沒有不滿，就由在下我來居中主導吧。因為我認為我代表正義。」前最高法院法官在中央張開雙手宣布。從聲音的音調判斷，看來他不是「他」，是「她」——哎，女扮男裝的麗人在戰場上也不稀奇。至少沒侍女服或婚紗稀奇。

「『天秤』之戰犯——『伺機而殺』史爵士。更正……」

「她」這麼說——更正？和騎著魔法掃把的侍女服戰犯一樣，她報錯自己的名號嗎？不是這樣。並不是報錯，是偽裝——進一步來說，是模仿，是擬態。換句話說，正確名號是——

「『牡羊』之戰犯——『細數而殺』友善綿羊。」

張開雙手的「他」——「她」就這麼將秤砣往砂粒臉上甩去。連續進行無罪判決的前最高法院法官「特赦者」應該不會做出這種事——不過，砂粒對這種速度有印象。這是在起始地點的大舞廳秒殺「丑」之戰士與「卯」之戰士的動作。（不只「敵方」，甚至也假扮成「己方」——「牡羊」的催眠術。）雖然不是沒提防戰犯那邊選出來的主持人，但是既然連戰意或殺意都以自我催眠消除，完美假扮成特赦者，那麼砂粒根本無從閃躲。既然將一切偽裝為幻象，那麼無論以多少眼睛監視——即使是「鷹覷鶻望」的監視也能騙過。失井與憂城為什麼那麼輕易就被殺，砂粒站在相同立場之後就理解了——這確實無從迴避。只能被特大號的秤砣將腦袋打得血肉模糊——除非在這之前，先把偽裝成史爵士的友善綿羊腦袋打得血肉模糊。

「『亥』之戰士——『殺得精采』異能肉。」

兩挺機關槍「愛終」與「命戀」噴火了。無止盡的子彈「花彈如流水」，不只將友善綿羊的腦袋，而是將她的身體髮膚全部打成蜂窩。「本小姐沒想像的那麼有名耶——雖然本小姐深感遺憾，不過這樣的不明正是妳的死因。以為同樣的手法第二次也管用？本小姐看起來這麼笨嗎？香水要不要換一下？豬的鼻子很靈喔。」

5

友善綿羊變成蜂窩倒地的同時，戰犯隊列裡的友善綿羊變回史爵士——化為史爵士的屍體。和出現在大舞廳的「子」之戰士屍體不同，是熱騰騰剛被殺的蜂窩狀屍體。一樣是千瘡百孔。雖然不明就裡，但是這種「掉包詭計」看來不是單純的催眠術或高速替換，而是得付出相應代價的高風險技能——可能是非得先殺害擬態對象才能擬態，或是術士替換假扮為對象的時候，對象也必須替換假扮為術士，或是會同步受到術士承受的傷害，大概是這種感覺。既然是如此有效的戰鬥技術，會令人疑惑為什麼不為人知，不過考慮到附帶的制約，就是只能在關鍵時刻——殺害「趕盡殺絕的天才」或「和平主義者」的時刻——使用的技術。（換句話說，是對史爵士的「屍體」使用催眠術，讓他代替自己站在隊列？不是事後催眠，是死後催眠……術士死後，催眠也隨即解開？）「子」之戰士（已經腐敗）的屍體，當時是擬態為「牡羊」之戰犯，並且以監視的形式擺在大舞廳的旁邊待命——大概是性質不同的另一種替換技術吧。總之，看來異能肉的機關槍同時射穿兩名戰犯——順帶一提，雖然剛才以「豬的鼻子很靈喔」這種風趣臺詞總結，但異能肉並不是憑味道看穿擬態，識破主持人的真實身分——友善綿羊應該沒噴香水（雖說世界很大，不過會在戰場散發香氣的人，也只有精采的她吧），而且既然是對鳥類都奏效的催眠，肯定會對包括嗅覺的五感起作用。即使如此，異能肉的射擊還是趕上了，原因在於砂粒已經預先拜託——不是拜託「戰犯那邊有任何可疑動靜就開槍」，是拜託「開始談判之前就隨便瞄準幾個人開槍」——所以才趕得上。即使（友善綿羊擬態的）史爵士沒甩動秤砣，異能肉只要有機會就會朝戰犯中的某人開槍——即使沒機會也會朝戰犯中的某人開槍。射擊對象可能是調停人河蟹專家，或者是怒突的學生天堂嚮導或終結醫師。「牡羊」效法「天秤」向前一步站在兩陣營之間，算是她氣數已盡。套用異能肉的說法，這就是她的死因。砂粒沒有刻意限制異能肉在射擊時不能瞄準某人，或是只能瞄準手腳之類的——這種細部控制不可能對胡亂射擊的「花彈如流水」管用。（「別真的殺掉」——這種話我也說不出口。）所以兩人死掉實在稱不上是出乎意料——和洞窟的爆炸一樣，是正如預料，正如覺悟的終結。（終結？不對，這是開始。）「原來如此，不同於可愛的外表，妳膽子倒是挺大的。看來妳有資格和我談判。如果剛才就被那種代替問候的惡作劇殺掉，那麼別說談判，妳連談論和平的資格都沒有。」對於倒在面前的友善綿羊屍體，河蟹專家看都不看一眼，對於倒在後方的史爵士蜂窩屍體，他也是連頭也不回，露出和一分鐘前沒有兩樣的柔和笑容深深鞠躬，然後抬頭說下去。「不過，年輕人，妳又害得兩個人死掉了。」「好啦好啦，是的，我又害死兩個人了，不過這又怎樣？這和您有什麼關係嗎？」砂粒和善回應。「可別瞧不起冠冕堂皇的好聽話喔，老爺子。」

6

在有人戰死的狀況下，談判繼續進行。

談判的時候也會死人。

（戰士4——戰犯6）

（第七戰——終）

第八戰

忌如蛇蠍

詳細不明。

1

（終於——在這場第十二屆十二大戰，我們戰士對上戰犯至今，感覺這是第一次搶得先機。）「亥」之戰士異能肉心想。（「別瞧不起冠冕堂皇的好聽話」是嗎——這個惹人厭的和平主義者，慢到像是鬧彆扭的下決心速度令本小姐傻眼透頂，不過決斷速度是十二戰士首屈一指。）只不過就算這麼說，在競技場的這場談判，在這場名為談判的決鬥，戰士這邊並沒有占多大的優勢。（「牡羊」之戰犯與「天秤」之戰犯——本小姐自己都覺得殺到重點人物了。包括「子」之戰士，共殺掉這邊三名戰力的「牡羊」暫且不提，以堪稱流彈的二次災害殺掉「天秤」，本小姐也不敢說優雅到哪裡去——不過，想到那個最高法院法官和「子」之戰士一樣早就被殺，罪惡感也沒那麼強。）說起來，因為史爵士在現役時代連續在法庭判決無罪，才會有那麼多戰犯問世——斷罪兄弟好像就是這樣——想到這裡，就覺得那個戰犯死在此地，甚至算是一種自作自受。（即使如此，比分還是4—6……本小姐原本單純認為只要將比分拉回到兩倍差距，就能把對方逼上絕路——不過，看來戰犯的想法和戰士截然不同。）像這樣看著和「申」之戰士砂粒對峙的「巨蟹」之戰犯河蟹專家，異能肉不得不這麼認為。（一般來說，若是從4—8的比分開始談判，都會希望維持或擴大這段差距——不過從至今的概略來看，那個老紳士偏向於把這段差距計算成「死掉也無妨的人數」。即使理想是無失分的完封勝，卻也完全沒有讓所有人得救的意思。）不然的話，不會只為了讓砂粒感到不舒服，就派侍女服與婚紗擔任自願自殺的信差前來——在那個時間點是4—10，所以戰犯這邊是「死六人都可以接受」。聚集在競技場的時間點是4—8，也就是「死四人也沒關係」的兩倍差距——所以才讓「牡羊」之戰犯假扮成「天秤」之戰犯。說不定，實際上並不團結的戰犯們，早就想趁這個好機會解決格格不入的「天秤」戰犯——這始終是他們的私事，但無論如何現在是4—6。（對面的調停人，在這個狀況還認為「死兩人也沒關係」——說來誇張，他把人數差距當成分數差距。本小姐自負相當心狠手辣，卻沒辦法貫徹冷酷到這種程度。）這樣不優雅。雖然這麼說，卻不得不承認對方擁有一般戰士沒有的強項。（不過，願意跟隨這種參謀的戰犯也很不正常。雖然不知道侍女服與婚紗怎麼樣，不過包括看起來被排擠的史爵士，十二戰犯都是不問生死的重罪通緝犯。是覺得「反正被抓就沒命」而變得不怕死，變得無懼一切嗎——砂粒，這部分妳打算怎麼處理？）異能肉認識的和平主義者，即使處於這種悽慘的局勢，即使陷入這種難以掙脫的規則設定，即使面對這種筆墨難以形容的交戰對象，依然是認真想讓所有人活下來的笨蛋——如果敵我合計二十四人就要拯救二十四人，合計十二人就要拯救十二人，在合計十人的現狀要拯救十人，砂粒就是這樣的笨蛋。（不過——小傻瓜，究竟要怎麼做才能拯救那邊的六人？即使沒在這裡被殺，他們也是遲早會被判處死刑的罪犯啊？）「巨蟹」之戰犯——「天蠍」之戰犯——「射手」之戰犯——「摩羯」之戰犯——「水瓶」之戰犯——「雙魚」之戰犯。（十二戰犯——號稱「罪孽比戰爭還要深重」的這些沒救傢伙們，妳究竟要怎麼救？）

2

「請將你們的目的告訴我們。我們或許幫得上忙。雖然我們始終只不過是戰士，不過在這場第十二屆十二大戰，即使只是形式上也好，只要我們能夠獲勝，每個人都可以『實現任何一個願望』。」砂粒一邊思考一邊說——雖然隱約從肌膚感覺到異能肉好像在擔心，但現在要做的不是讓異能肉安心——不能從面前的老紳士，「巨蟹」戰犯河蟹專家移開目光。砂粒終究是第一次在這種狀況談判，但她發揮至今身為戰爭調停人的所有經驗，持續思考思考再思考——思考拯救所有人的方法，思考拯救現在還活著所有人的方法。當成要拯救地球上所有人般思考。「而且，我不知道各位知道到什麼程度，所以容我鉅細靡遺做個說明，這次十二大戰的規則，雖然是十二戰士對十二戰犯的團體戰，不過嚴格來說，和往例的十二大戰不同，並不是要殺個你死我活——評審杜碟凱普是這麼說的。本次的主題是將你們十二星座之戰犯不問生死全部逮捕——不問生死，不問『生死』。Dead or alive——換句話說，活捉也沒關係。」當然，砂粒一開始就察覺規則上的這個漏洞——這個漏洞過於明顯，現在回想起來，砂粒覺得自己上鉤了。十二大戰過於以相互廝殺為前提，砂粒這個和平主義者平常就一直表態反對，這是眾所皆知的事。正因如此才設下這個陷阱。從以前就想讓十二大戰「停戰」的砂粒，在第十二屆十二大戰開辦的過程中，並不是沒掌握到可疑的動靜，所以本次以團體戰的形式進行，砂粒並不是很驚訝——令砂粒啞口無言的，是本次設定的規則寬鬆到像是由她設計的。「不問生死」是如此，「十二人的願望都能實現」也是如此。砂粒在意這些漏洞的意義而故做慎重時，「丑」之戰士與「卯」之戰士轉眼之間被殺——（不過，那種水準的瞬間戲法，我當時就算沒分心也阻止不了吧——）不過，她也確實因而慢半拍行動。由於看見明顯的破綻，所以砂粒不小心將注意力從十二戰犯轉為固定在十二大戰營運委員會那裡。（話是這麼說，即使知道徒勞無功，我也不能不在這時候說出來。）「您意下如何？換句話說，如果你們不把『Dead or alive』這句散發危險味道的刺激話語當真，並且當場投降，就能避免更多人犧牲。無論由誰怎麼想，都沒有比這更好的和解條件。」砂粒笑咪咪撒了這個謊，不過河蟹專家「呵呵呵」笑了幾聲，像是打岔般將手伸進外套胸前口袋——要拿出手槍？不是，他拿出來的是懷錶——相當做作的紳士物品。「喋喋不休只會沒完沒了，就先定個時限吧——十二分鐘告一個段落挺好的，怎麼樣？」「…………」砂粒不認為這樣多好，而且感覺十二分鐘太短了，但是這時候不方便示弱。身為和平主義者的後輩，她說不出「請多給一點時間」這種話——這不是志氣或尊嚴的問題，是系統化談判的程序。

砂粒會說冠冕堂皇的好聽話，卻不說喪氣話。

「十二分鐘是吧。好的，十分足夠。不，十二分足夠。」砂粒在腦中按下馬表——同時送訊號給異能肉。不是摩斯電碼之類的，是以前在戰場成為自己人的時候所決定，只有她們兩人知道的密碼——希望小肉還記得。訊號的意思是「十二分鐘之後開始掃射」。（雖然無從傳達給庭取與怒突，但也沒辦法了。）總之砂粒不希望在談判時落於人後。「要是我們投降，就能以妳所說的『和平』了結是吧——砂粒小姐？哎呀哎呀，真漂亮的手法。看來妳這個後進如今成長茁壯，我深感欣慰。這麼一來就是萬事解決的大團圓了。」「……看來我給您的印象不是很好。」「那當然吧？居然要活捉 Dead or alive 的我們，我當然感謝到眼淚撲撲簌簌流個不停——不過，被活捉的我們之後會怎樣？只會被判處死刑吧？」「這部分就使用我的願望吧。如果現在願意將勝利讓給我們，我保證會許願為你們減刑。」「減刑？不是免罪？」「這樣的司法交易有點過於順心如意吧？我和史先生不一樣——沒辦法無罪赦免。」「即使我說只能以無罪赦免為條件檢討妳的方案？」「我的回應不會改變。無罪赦免罪犯不只不會招來和平，還只會招來混亂，或者是招來戰亂。」「我倒想問問戰士與戰犯的界線在哪裡。」「這個問題等將來有空慢慢討論吧——例如在監獄的接見室討論。」「與其這把年紀被判處兩百年徒刑，我寧願一死。請看，其他成員也都持相同意見喔。」無須多說，砂粒一直在看——不只是看河蟹專家，也總是將另外五名戰犯納入視野範圍。因為雖說將時間限制定為十二分鐘，其他戰犯也不一定會乖乖等時間到。基本上，他們就是不守規則才成為戰爭罪犯。（而且——就我所見，他們確實抱持相同的意見。）砂粒希望他們不要輕易說出「寧願一死」這種話，但是既然看過侍女服與婚紗以至今也難以相信的方式輕易死去，砂粒就徹底體認到這不是虛張聲勢。（……憑我一人無法請求免罪，但如果是小肉、庭取與怒突呢？我沒權利阻止我以外的戰士許什麼願望——只不過，他們三人應該都不是許這種願望的類型。）「我認為將問題延後處理也是一種做法。現狀的比分是4—6，但若我們就這樣繼續殺個你死我活，你們全滅的可能性應該也不是零。要不要暫時讓這個可能性變成零？」「將問題延後處理嗎？原來如此，這是年輕人的想法吧。真羨慕。」動不動就強調年齡差距，今後當作沒聽到吧。「如果你們想殺我們想得不得了，那就逼不得已了——」「怎麼可能。我們是戰犯，但不是殺人鬼——哎，大致不是。」大概是自作從容，河蟹專家斜眼瞥向己方——居然從砂粒身上移開目光。大概是察覺自己受到注目，漆黑亮面厚裝甲如同外骨骼覆蓋全身的蒙面戰犯，在這個錯誤的時間點報上名號。

「『天蠍』之戰犯——『不願之殺』蹦髑髏。」

如果只看他的言行——而且，他說話的音調意外充滿抑揚頓挫，如同寫下圓滾滾的文字——相當討喜，然而這名戰犯至今殺害的人數，即使只計算已知的部分也絲毫感覺不到可愛之處。（但他不是殺人鬼——是暗殺者。）即使是十二大戰「可以實現任何一個願望」的萬能承諾，或許也無法實現「請免除暗殺者蹦髑髏的所有罪過」這個願望——甚至可能連減刑都做不到。「只是，我們雖然不是殺人鬼也不是賭鬼，但我可沒凋零到被要求讓出勝利就乖乖讓出。」「為什麼？相較於生死，勝負一點都不重要吧？」「這讓我忍不住感受到代溝喔，妳居然不相信某些東西比生命還重要。」「總比不相信生命很重要來得美妙吧？」不妙。原本應該無視於年齡造成的階級差距，卻稍微酸了一句——砂粒立刻修正軌道。「既然說到這種程度，那請您說明你們執著於勝利的理由。」「想殺我們是為了什麼？不惜殺同伴也要殺我們是為了什麼？這對你們有什麼好處？」「想要名譽。勝利者的名譽——要是我這麼說，妳這位道德主義者會接受嗎？會接受並且認輸嗎？會認輸乖乖被我們殺掉嗎？」成為戰犯被追緝的這份恥辱，要藉由戰勝戰士一掃而空——想要洗刷汙名，挽回名譽。像這樣寫成文字，他們的行動原理確實看得出符合邏輯的整合性，但是砂粒不可能接受——不可能乖乖讓他們殺掉。（——不過，「認輸」可行嗎？既然剛才說勝負一點都不重要，那麼以我們的敗北作結也無妨——只要所有人都能活下來。）砂粒如此心想，一邊計算剩餘時間（還有五分五十八秒。前半結束。）一邊詢問。「河蟹專家，請問一下，我說過我們戰士的勝利條件是『不問生死逮捕你們』，那你們戰犯的勝利條件是什麼？」

3

到頭來，這是重點。他們做到什麼事就算獲勝？而且，既然輸了無論如何（不問生死）都會被判處死刑——那麼贏了會怎樣？斷罪兄弟被挖角的時候，之所以不得不處於左右為難的立場——不然他們其實可能早就投靠那邊了——無疑是因為在十二戰犯這邊看不見未來。無論會贏還是會輸，既然看不到未來，當然會猶豫是否加入這種集團。斷罪兄弟可以說就是因為這樣猶豫而被反將一軍……但即使如此，十二戰犯身為十二戰犯戰鬥的理由——戰鬥的好處，實際上肯定是存在的，只是這邊看不見。（拜託要存在，拜託。）如果確實存在——「如果存在這種好處，那就不要由營運委員會實現，而是由妳來實現。砂粒小姐，這是妳想說的意思嗎？」對方講得像是看透這邊的底牌——雖然有點差異，但是說中了。「我們是否在尋求某種東西？請容我保留回答——但妳輕易就拋棄自己的願望。妳講得像是若能促使十二大戰停戰，自己的願望一點都不重要，不過實際上呢？即使妳沒有這個意思，假設妳在十二大戰獲勝——難道沒有想實現的願望嗎？」「我的願望一直都是世界和平喔。」「那麼，要不要殺光我們，實現這個願望？妳簡直是要拋棄應當領取的報酬——但妳這種犧牲奉獻的態度，我個人不以為然喔。若想讓戰爭從這個世界絕跡，妳在十二大戰獲勝是最快的方法。」（不行，話題被他巧妙錯開——往我討厭的方向錯開了。只不過，他看來也不是隨便丟個不感興趣的問題問我。）那就老實回答，試探他的想法吧。「在戰爭獲勝，藉以消除戰爭。這是我最討厭的想法。所以，我沒想過在十二大戰獲勝之後許願世界和平。即使會為了阻止戰爭而殺人，也不會為了在戰爭獲勝而殺人。」「……這就是『和平之殺』的真意？那麼，舉個例子——假設這場談判就這麼不了了之，十二戰士與十二戰犯繼續上演戰爭，而且一反妳的本意，你們上演奇蹟般的逆轉戲碼。活捉計畫失敗，我們全部死亡。這時候的妳會許什麼願望？『可以實現任何一個願望』這句話不是當成心理測驗，而是當成事實告知的時候，和平主義者如果不許願和平，究竟要許什麼願？」「我完全抽不到稀有度五星的角色……」砂粒說。「所以大概會請人幫我轉蛋吧？」「…………」「開玩笑的。如果以活捉失敗為前提，我就讓你們所有人復活吧，然後請重新被判處死刑——雖然剛才講了那麼多，但我也沒善良到會在這時候懇求免除你們所有的罪過。」而且願望在這個時間點已經用掉了——砂粒順帶一提般補充這句話。「真愉快的回答。」河蟹專家像是不愉快般低語。這恐怕是他第一次表現出真實的情感。「好吧，就這樣吧。我很好奇繼承我的戰爭調停人是什麼樣的戰士，所以剛才做出像是試探的舉動——不過進入正題吧。我可沒有老糊塗到聽不懂妳在以溫和態度脅迫——我就把我們的目的告訴妳吧。就像是驕傲說出犯罪計畫的罪犯那樣。」聽到他這麼說，砂粒並沒有開心到振臂握拳——即使進入正題，也沒有卸下心防到說出真心話的程度，內心的距離反而拉遠了。接下來他要說的「犯罪計畫」，應該是預先準備的胡謅謊言吧——這樣就好。從謊言可以推測真相的位置。（還有四分四十四秒——）這是最後時限的所剩時間。

然而，砂粒的體內時鐘突然停止了。和她的心臟一起停止。

（——？）咦——什麼？別著急，要冷靜。不，已經無從驚慌失措——不必擔心心跳加速，因為心臟沒在動。直到剛才都是思考思考再思考，思考到大腦都發出軋轢聲，但這份意識也突然逐漸消失——啊啊，要死掉了。砂粒以自然到驚人的心態，毫無抵抗地理解這一點。就連抵抗的意志——連支撐她至今的根基，都像是煙霧般消散。可是，為什麼？（借用小肉的說法，我的死因是什麼？心臟病發作？）有可能。這是有可能的。一味亂來至今的人生，想必也累積不少傷害吧——無法承受名為「談判」的極度緊張而猝死，看似滑稽卻不無可能——就某種意義來說，比起死於槍彈或地雷，這可以說是適合砂粒的死法。不過正常來想，應該有可能性更高的死因吧——砂粒遭受十二戰犯之中某人的某種攻擊。（不過，是誰使用何種攻擊——包括河蟹專家在內，我的目光不曾從六名戰犯的任何人移開。不只是我，庭取也肯定一直以「鷹覷鶻望」在上空監視——）目前想得到的可能性，是蹦髑髏的暗殺？還是——此時，砂粒再也站不住，跪在競技場的地面，即使如此，還是靠著沒跳動的心臟與逐漸消失的意識堅強抬起頭，卻也因為這樣，所以她臨死的模樣更加稱不上安穩。此時砂粒看見的，是如同照鏡子般同樣跪在地面的河蟹專家——他一樣按著心臟，像是要撕裂般緊抓著自己的胸口。（他遭受相同的攻擊——難道是派某人攻擊我，還把他自己拖下水？）雖然難以認定，卻只能如此認定——不對，還是無法這麼認定。剛才的侍女服與婚紗，甚至是以灑脫的模樣含笑墜落——含笑死去。然而老紳士的表情不同，明顯充滿痛苦——明顯是遭遇違背己意的事態，他和砂粒就是如此相似。換句話說，由此導出的結論是——看到河蟹專家正式開始談判——為了以防萬一——

想妨礙和平方案成立的戰犯，獨斷採取行動？

（……並非——團結一致！）絕對不希望第十二屆十二大戰以不上不下的形式結束的某人——其中不希望大戰結束的某人——（估算錯誤嗎——說不定真正的指揮官，不是被稱為大王的雄獅公子，也不是參謀河蟹專家——可是，為什麼不惜這麼做——殺害戰場經驗豐富的河蟹專家，接下來他們打算怎麼戰鬥——為什麼不惜這麼做，也要繼續進行十二大戰——無論怎麼說，果然是對十二戰士懷恨在心——滿心想殺掉我們之中的某人，或者是殺掉我們所有人——啊！）砂粒察覺了。在這個時間點，在臨死之際，在最後關頭——臉即將撞到地面的這時候察覺了。如同推理小說裡靈光乍現想到如何將可惡凶手的名字編碼留下死前訊息的被害者，砂粒以最後的意識頓悟了——不是得知凶手的名字，砂粒矇矓聽著異能肉的叫喊，得知戰犯們的目的。他們為何登陸，為何殺人，為何戰死——砂粒徹底理解了。不，還有一些不明的細節，即使如此，砂粒還是大致可以接受了。（是的——既然這樣，無論聽人怎麼說，無論聽人開出什麼條件，他們都沒有談判的餘地，只能殺掉十二戰士——就是這麼回事。既然這樣——）

既然這樣——那就沒辦法了。

砂粒以近似死心的心態這麼想。（小肉，我的仇，妳就不用報了——因為妳其實很喜歡我——）和平主義者看著跑過來的歡喜冤家戰士，進入永遠的沉眠。

4

內行人必定滿心期待，「申」之戰士砂粒與「巨蟹」之戰犯河蟹專家這場新舊調停人對決，在距離時限還有整整四分鐘的時候中斷，以慘不忍睹的結果收場——雙方同時頂開椅子起身，卻一同趴倒在地，甚至不知道究竟被誰殺害就KO敗北。沒人知道他最後在想些什麼，也沒人知道她最後在想些什麼。無論如何，雙方陣營同時失去卓越的頭腦，第十二屆十二大戰接下來繼續加速度地化為令人不忍卒睹，如同十八層地獄般混亂與狂亂的泥淖戰。

（戰士3——戰犯5）

（第八戰——終）

第九戰

拉弓不射笑臉人

本名臼杵指足。十二月十二日出生。身高一八〇公分，體重七十三公斤。罪名：洩密罪。原本是軍事產業財閥期待的新職員，卻對橫行的弊案感到義憤填膺，對全世界公開業界的機密檔案。結果雖然撲滅弊案，但是軍事兵器的設計圖與使用說明書也傳遍世間，他一時冒出正義感造成後來在戰場死亡的人數，據稱多達數百萬甚至上千萬人。經過反省之後，他不再使用最先進的重型武器，改為使用弓箭戰鬥，然而凡事一絲不苟又直性子的他，經過非比尋常的修煉之後，年紀輕輕二十歲就習得傳說中的「不射之射」。加上他天生強烈到不公平的正義感，基於這層意義是足以成為十二戰士的高手，但人生不知為何過得很不順遂。和外表與武器相反，他不愛吃任何日式料理，名為「飯糰」的那道料理尤其令他發毛。直接用手捏成的食物？即使出自自己的手也敬謝不敏。

1

「『鷹覷鶻望』！小鳥們！」談判決裂，「亥」之戰士異能肉抱起「申」之戰士砂粒的屍體之前，某人比所有人更快採取行動，說來意外，這個人是「酉」之戰士庭取──庭取把「雞冠刺」當成指揮棒般揮動，讓高空監視競技場的鳥群總動員。剩下的五名戰犯以為總動員就是總攻擊而立刻擺出架式，但庭取的目標不是他們──不是戰犯們，是戰士們。庭取像要捲起旋風，讓多達數百隻的小鳥彷彿龍捲風，在如今剩下三人的十二戰士周圍高速盤旋。不是煙幕，應該稱為鳥幕──數秒後，環繞的小鳥朝四面八方散開，本應位於中心的三人也消失無蹤。「……比起這邊的侍女服，那個女生的行徑更像魔法少女。而且內心還和動物相通。戰士一直只給我難以通融的印象，但原來也有那種臨機應變的戰士嗎……」「雙魚」之戰犯終結醫師說完，前方坐輪椅的戰犯──「摩羯」之戰犯天堂嚮導歪過腦袋。「最好不要有。」她簡短回應──看向她歪頭的方向，應該倒在那裡的兩具屍體──新舊調停人的屍體──也消失了。「嗯？把屍體一起帶走消失？己方的屍體就算了，連河蟹老爺子的屍體都──啊啊，不對。」終結醫師思考片刻之後理解了。因為原本以為消失的兩具屍體，他們的衣服破破爛爛半埋入地面沾滿塵土——也沾滿血。而且往另一個方向看去，正如預料，「天秤」戰犯與「牡羊」戰犯的屍體也不見了——直到剛才位於這裡的四具屍體，不分敵我消失無蹤。換句話說——「『鳥葬』是吧。所以她是以提供食物為手段，讓自己的內心和動物相通——天妹，妳說得沒錯，最好不要有魔法少女這種人。得讓她安樂死才行。」終結醫師說完看向其他隊員——「天蠍」之戰犯蹦髑髏。「射手」之戰犯無上射手。「水瓶」之戰犯傀儡瓶。「以及我們，醫師與患者的雙人組嗎……出乎意料，存活下來的人還滿像樣的。首領級的大王被殺，智囊的河蟹老爺子死掉——雖然不知道是誰下的手，但今後就別過問吧，畢竟說不定是我——現在已經沒辦法擬定作戰，所以接下來就各人各犯各自以喜歡的方式大鬧吧，OK？雖然難免會因為經驗造成實力差距，不過只剩三個人，憑真功夫硬碰硬應該勉強行得通吧。」「最好不要有。」終結醫師說完，天堂嚮導又重複相同的話語。女醫再度點頭。「天妹，妳說得沒錯，最好不要有戰士這種人。」

2

在陡峭山間密集建造居所的這個聚落，不是被當成住家，而是被當成文化遺產認定有保存的價值（與其說是建築物本身有價值，推測應該是建築技術得到很高的評價），移建到這座人造島成為「鬼城」——三名戰士跌跌撞撞進入這裡的其中一間「空屋」。雖然很像緊急避難，但也不能一直以「羽毛製的魔法飛毯」到處逃——搭乘鳥群在高空飛行，始終是還處於對方盲點才能成立的避難所，所以一旦被發現，就沒有比這更好抓的「捉迷藏」了。反倒必須盡速讓「鳥群」散開，否則等於高聲宣布「我們就在這裡」。距離競技場稱不上多遠的這個聚落，當然並不是萬分安全，但也只能暫且在這裡喘口氣——狀況就是這麼急轉直下。必須重新訂立十二生肖戰隊的方針，不然會就這麼糊裡糊塗拖下去。正因為庭取是糊裡糊塗拖延人生的戰士，所以她抱持確信這麼想。

（不過現在這樣，戰隊已經面臨解散的危機對吧——）沒想到在剛才的場面，這邊的核心人物「申」居然死掉——居然被殺。畢竟庭取認為談判應該不可能順利成立，看到「天秤」戰犯史爵士（應該說完美假扮而成的「牡羊」戰犯友善綿羊）揮動秤砣的時候就覺得果然沒錯，但即使如此——砂粒本人明明肯定也提防對方談判的時候突然翻臉，為什麼會輕易被殺？明明眾目睽睽，「鷹覷鶻望」也一直運作中——究竟是誰殺的？

（殺害河蟹專家的凶手我早就知道了——不過砂粒小姐究竟是誰殺的？）

「怒突先生，對面的調停人是你殺的吧？」庭取問——這番話使得「亥」之戰士驚訝般抬頭。「什麼嘛，原來妳不只是個笨蛋嗎？」被點名的「戌」之戰士不太驚訝地承認了。「難道說，妳也早就知道我的武器不是『啃咬』而是『毒』嗎？」「知道。你是使用毒藥的毒殺師吧？」庭取以「小鳥網路」收集情報，藉以在戰場活到現在——各戰士的技能，她掌握到某種程度。參加十二大戰時，她盡可能預先收集十二戰士的情報——除了無論如何都模糊難以捉摸的「子」之戰士，其他人的情報可以說收集得差不多了。庭取一直認定這是戰士之間的廝殺，所以無從掌握十二大戰本身規則的不明變更，但是她知道怒突雖然強調利牙與利爪，乍看容易令人留下凶惡的印象，實際卻是使用精巧的毒素——也知道「狂犬鋲」不是以牙齒咬死敵人，是以牙齒分泌的毒素殺死敵人——所以河蟹專家死亡的模樣，即使再怎麼不像怒突至今使用的手法，卻還是可以推理出是他「毒殺」談判中的河蟹專家。怒突肯定有「狂犬鋲」以外的底牌，即使庭取猜錯也無妨，即使怒突否認也無妨——不過老紳士將年輕人看扁的討厭態度，庭取也覺得不是滋味，所以不想責備暗殺的行為本身（庭取自己不是斷罪兄弟或怒突這種「極度近似戰爭罪犯的戰士」，卻幾乎和這種道德觀念無緣），然而，如果為了殺害河蟹專家不惜連砂粒也一起殺掉，那就另當別論。若是怒突做不出這種權衡，庭取沒辦法和這種傢伙組隊。「亥」之戰士異能肉似乎也在想一樣的事，兩挺機關槍的槍口瞬間朝向怒突。「狗先生，這是怎麼回事？」她以極為高傲的語氣質詢。（這個人好像在生氣。明明事情已經發生無法挽回，但是氣氛好差。）庭取如此心想，但要是槍口朝向這邊可不是鬧著玩的，所以沒有插嘴。「那個惹人厭的和平主義者，是你殺的嗎？」「不是。放下妳的槍。真的打起來會是我贏，但是這樣起內訌會正中他們的下懷。」怒突緩緩舉起雙手如此回應——如此否定。「我只有殺掉河蟹專家。沒殺掉和平主義者的大姊。殺她的凶手另有其人。」「可是——」光是聽怒突這麼說，異能肉無法接受。這是當然的。雖然無法共享憤怒，卻可以共享疑問——即使狀況不太一樣，不過，比方說同樣在競技場喪命的「天秤」戰犯與「牡羊」戰犯。明明一樣被打成蜂窩，但要是異能肉說「我只殺其中一人」否認部分嫌疑，同樣無法令人釋懷。就算「天秤」戰犯事前就被自己人殺掉，也不能當成這邊沒下殺手。當時那樣可以說是被對方陣營技能的「流彈」波及，即使如此，那兩人依然算是異能肉殺掉的吧——至少應該要這麼覺得。同樣的，假設怒突只是想殺掉河蟹專家，自認只鎖定對方散布毒藥，但要是砂粒跟著遭殃，責任應該歸咎在怒突身上吧。「難道你的意思是說，那也是『流彈』嗎？戰犯那邊某人的戰鬥技術，就像是詛咒的稻草人，能將河蟹專家受到的傷害也反映在砂粒身上？就算有這種手法，責任也應該由你來負——」「這次不是『流彈』喔。正確來說——或者說這是本質上的問題——那不是『流彈』，是流派。」「流派？」

「殺掉河蟹專家的人是我。是讓混入劇毒的氣味分子順風狙殺目標的招式『破傷風』。狗的鼻子很靈的。不過，同一時間殺害砂粒的人，是我的學生之一，『雙魚』之戰犯終結醫師。她以同樣的手法、同樣的毒素——在同樣的時間點，如同父女般做得一模一樣。」

怒突惡狠狠地這麼說。

3

「我昔日傳授的毒藥知識害死砂粒，所以我不會說我完全沒責任，要完全怪在我頭上也無妨。不過既然是『雙魚』之戰犯，感覺比較像是『河豚毒』吧。包括獨斷行動這一點都和我一樣。好煩。」「……………」「……………」這麼說來，確實如此——「雙魚」之戰犯終結醫師，先前就毒殺「寅」之戰士姤良。就「鷹觑鶺望」看來，當時是使用針筒——不過相較於「狂犬鋲」的殺法，相較於以利牙啃咬注入毒素的方法，可說兩者的共通點很多，而且對方不一定無法散播肉眼看不見的毒素。混入劇毒的氣味分子——「正確來說，是和我另一個學生合作的成果吧。那個女醫居然拿輪椅當障眼法。不然的話，即使再怎麼專心談判，砂粒大姊也不會那麼輕易被殺。」這就如同在談判桌上企圖暗殺彼此——想法相同、戰鬥風格相同的兩人分屬雙方陣營，造成匪夷所思的兩死。（對喔，怒突先生只是想見兩個學生，才對談判投下贊成票，沒把談判本身設為目的——確定對方不記得也沒懷恨在心的時間點，這個人心中就再度進行廝殺計畫了。原來如此。）沒有團結一致的應該是這邊才對。（既然這樣，在那個場合嘗試殺害敵方參謀，反倒是可行的判斷——殺掉參謀就可以一鼓作氣位居優勢，即使當場分出勝負也不奇怪。）之所以沒變成這樣，在於另一邊有人打著完全一樣的算盤。不同於揮動秤砣的「天秤（牡羊）」或是在談判前被要求伺機開槍殺人的「亥」，脫離指揮系統的獨斷先制應該很容易成功，實際上也成功了——問題在於「雙方陣營」都成功了。新舊調停人基於和他們自己完全無關的要素雙雙身亡——結果導致戰士與戰犯雙方都失去指揮官。能決定方針的領袖已經不存在。（……傷腦筋。）應該也有人認為這是「不太好的狀況」，但「酉」之戰士庭取認為這是「最壞的狀況」。（可以現在投靠那一邊嗎——不行吧，我又不是戰犯。）「……不過，那些孩子們或許會因而想起你喔。」殺害自己人，而且是殺害指揮官的誤解雖然解除，但異能肉好像沒能立刻平息怒火，她放下「愛終」與「命戀」的槍口，同時酸溜溜地說。「終結醫師現在應該也冒出疑問吧——在自己殺掉敵方首領的時候，是誰在相同時間點以相同方法殺死河蟹專家？只要她稍微思考，不就會想到養育自己的親人就在敵方陣營嗎？」對方應該不會進行這種像是牽強附會的跳躍性思考，但確實會覺得可疑吧——若是一樣被同伴懷疑，成為審議的目標，或許會逼不得已擠出這種假設。「很難說。明明看長相也沒認出來，卻以殺人手法認出來，這樣很有我的風格，挺不錯的——」怒突苦笑說。（看到學生繼承自己的技術，說不定他多少感到欣慰？）不過都用來犯罪就是了……庭取的道德觀念也滿偏差的，但真正偏差的人果然不一樣。「——但是無論如何，都不會出現『所以要殺掉』或是『所以不忍心殺掉』這種感人熱淚的憂鬱橋段喔。我獨斷專行毒殺河蟹專家，是因為判斷十二戰犯絕對沒有停戰的意願。妥協點沒什麼好找的。那些傢伙會一直戰鬥下去，直到將我們趕盡殺絕。」「……若說那場談判始終只是要為了讓十二大戰繼續進行而訂立規則，那麼肯定是這樣吧。但本小姐不懂。如同那個惹人厭的和平主義者所說，無論有哪些好處，那些人都會繼續和我們廝殺吧？」庭取也這麼認為。坦白說，甚至覺得砂粒讓步太多。（至少我一定會接受這個和平提案。那麼為什麼？）「實際上，和那個女人直接談判的河蟹專家，心裡好像有一些盤算——但在他死掉的現在，沒有指揮官的戰犯們會怎麼行動，本小姐完全無法預測。」異能肉說得像是外行人比內行人恐怖——但是十二人之中被殺的已經多達九人，事到如今應該沒有專業或業餘之分了，而且這邊同樣沒有指揮官——坦白說，包括庭取自己，三人主要都是士兵型人物，即使不要求指揮，但要是沒人主導，這個小隊大概會沒完沒了一直討論下去吧。別說小隊有解散危機，要說小隊制度已經瓦解也不為過。（這下子怎麼辦呢——如今應該沒辦法加入另一邊，應該說戰犯原本應該就沒要迎接戰士成為同伴——嗯？等一下等一下，戰犯？）「那個，怒突先生，我有一個請求。」「——什麼事啊，丫頭？」砂粒叫做「大姊」、異能肉叫做「小姐」，我叫做「丫頭」是吧——庭取略感不悅，說出「請求」。「你私藏的毒素——祕藥『一騎擋千』，方便注入小女子的體內嗎？」她試著以淑女的語氣說。

4

「呀呼！身體好輕好輕！好像在飛耶～～～！」絕對不建議這麼做，副作用比一般的致命毒素還難熬，所以變成怎樣都不關我的事……使用前如此再三警告，「戌」之戰士的祕藥「一騎擋千」，一言以蔽之，是將「白老鼠」的身體機能，從肌肉、神經、五感、心肺，甚至是記憶力與思考能力，從頭頂到腳尖，將所有層面鉅細靡遺激發、提升到最大限度的興奮劑——總歸來說，施打這種祕藥的戰士，身為戰士的能力與數值會上衝到MAX理論值——身為人類的能力與數值就暫且不提。「接下來我們三人，必須在沒有指揮官的狀況戰鬥，所以我就盡量提升戰力吧！我不想扯兩位的後腿！」庭取如此強調，說服原本不太想這麼做的怒突——要說怒突不想濫用祕藥也沒錯，不過被人得知祕藥的存在，好像也是令他消極的要素（這當然是事先以「鷹覷鶻望」調查的成果），但怒突好像對於招致這種事態感到些許責任（只不過，如果他沒殺掉河蟹專家，比分就會第三次成為6—3的兩倍差距，想到這裡，庭取覺得他的獨斷專行反而立了大功，只是庭取沒說出口），雖然非常不情不願，卻還是朝庭取的上臂咬下去——然後注入祕藥「一騎擋千」。「本小姐就免了……」旁觀這幅光景的異能肉做出聰明……應該說符合常識的判斷——不知道有什麼副作用（所以叫做「白老鼠」），不是將藥物，而是將毒物吸收到自己的體內，這麼做簡直瘋了。老實說，庭取也不是自願進行這種強化——但是不得不這麼做。

為了活下來，也為了逃出去。

雖然不得不這麼做，但現在心情好得不得了——施打之後，視野與思緒清晰至極。

基於這層意義，異能肉與怒突雖然深陷困境卻沒有輕易強化自己的身體，這樣正合庭取的意。兩人遠遠看著庭取增強能力的時候，庭取抓準瞬間的空檔從窗戶跳出去——就這麼像是從蜿蜒崎嶇的山路滑落般逃走。逃走。逃亡。是的，庭取不惜拜託施打興奮劑也要做的事情是敵前逃亡——（這在戰場上是「犯罪」行為對吧——）這樣我也是戰犯了。是的，即使如今沒辦法加入成為十二星座之戰犯，也可以成為普通的戰犯——這場遲早會輸的戰鬥，她不想一直參與下去。對己方絕望，逃離這場十二大戰，能活下來的可能性還比較高。脫胎換骨吧！一般來說，她不認為自己能逃離十二大戰委員會以及更上層的「有力者」，不過舉辦這種反常團體戰的時間點，他們的拘束看起來放鬆不少——如果能突破這個破綻，反倒該說出現破綻的現在，正是拋棄戰士身分的好機會。

「好輕！好輕！身體好輕！」為求一舉兩得（對於「毒殺師」來說應該是賠了夫人又折兵）以祕藥「一騎擋千」強化的身體全速衝刺——總之，很難想像怒突或異能肉會追過來，不過既然要鑽過敵方與營運委員會的監視，就不能停下腳步。庭取滑下絕壁，就這麼沒停下腳步，甚至以提升過的腿力加速，助跑墊步之後往前方斷崖一跳——身體再怎麼輕，再怎麼覺得能飛，祕藥也終究不會讓人類長出翅膀。不過，鳥類的專長不是只有飛。雙手伸直向外旋轉的庭取，並不是想要在天空飛翔。

「酉」之戰士從斷崖跳向大海。

斷崖絕壁的正下方是尖石聳立，如同地獄刀山的危險地帶，但是庭取以輕盈跨越K點的長距離跳躍，從伸長的指尖猛然鑽入海面——就這麼潛入水中行動。（就像是——企鵝的跳水！）再來就可以游泳離開這座人造島。雖然不知道祕藥「一騎擋千」的效果會持續多久——只能說這部分因人而異——總之盡可能遠離這座海上都市，遠離第十二屆十二大戰的戰場，運氣好的話直接游到陸地，不行的話就找船隻求救吧。以戰犯來說是劫船，應該說是海盜行為。（雖然對不起留下來的兩人，不過之後交給你們了！如果接下來上演逆轉勝收場，我會回來領獎許願！應該可以吧？畢竟我姑且留了一張「字條」給你們——）庭取以強化過的心肺功能，完全沒換氣，撥動手腳，不知為何使用蛙式，就這麼一直游泳——然而，本應在水中也清晰無比的視野，突然變得漆黑。（——？）手腳變得使不上力——身體像是被吸入般逐漸沉入海底。剛才那麼輕盈的身體愈沉愈深。簡單來說——

她溺水了。

（為——為什麼？獲得這麼無與倫比的力量，居然會溺水——那我不就像是笨蛋嗎——）甚至不構成敵前逃亡。這樣的話別說逃離戰場，比較像是為了逃離這個世界而投海自殺。（不會吧，不要不要，居然變成自殺，明明全世界沒人比我更不想死啊——）

5

斷崖上有三個人影，確認這名跳下斷崖的戰士沒浮上海面——確認這名戰士死亡。

「『天蠍』之戰犯——『不願之殺』蹦髑髏。」

「『射手』之戰犯——『瞄準而殺』無上射手。」

「『水瓶』之戰犯——『溼身而殺』傀儡瓶。」

其中一個人影，全身亮面裝甲的戰犯——蹦髑髏聳了聳肩。「那女孩明明肯定早就知道了。用『鷹覷鶻望』查過了。這邊有個能操作『水』的戰犯。」他以圓潤的聲音說。聽到這番話，另一個人影——穿雨衣的戰犯傀儡瓶，以雄壯的聲音回應。「箭靶太大，箭反而不容易射中紅心。同樣的，人們很少注意到『海』其實是巨大又膨大的『水』。」這番話像是在袒護中了陷阱的敵人——只不過，這個陷阱是河蟹專家生前設下的。三人像這樣共同行動，也是繼承河蟹專家的意志——團體戰緊繃到最後，對方陣營肯定有人企圖逃亡，老紳士的這個猜測完全命中。所以，在海中被「水」灌入肺部的「酉」之戰士，可以說是被「巨蟹」之戰犯河蟹專家殺掉的。因此，第三個人影——「射手」之戰犯無上射手，也像是附和實際下手卻為庭取辯護的「操水師」，以低沉的聲音開口。「嗯——她是了不起的戰士。」

然後他忽然一個站不穩，像是追隨庭取般從崖上墜落——但他沒沉入海中，而是插在如同一根箭突起的尖石上。

「她是了不起的戰士——居然是利用小鳥殺我，何其風雅。」他變得像是百舌鳥插在樹枝上的食物，這麼說下去——原本還想繼續說，但是接下來從他口中發出的不是話語，是羽毛。大量羽毛同時從他的嘴巴冒出來，最後像是變魔術般出現一隻小鳥，振翅起飛。「『鷹覷鶻望』——『百舌之毒』。總之，還好死的是在下。」

6

林鵙鶲——這是帶有毒性的鳥類，在這個場合是百舌鳥的一種，更正，是百舌鳥的特殊種。「酉」之戰士本來只把「鷹覷鶻望」當成收集情報的工具，但是和平主義者教她用為移動手段，後來毒殺師現場傳授「用毒」技術，加上她的思考能力在最後這個節骨眼也爆發性地提升，創意幅度大為擴展開來——以往頂多只能「啄殺」的她，將先前被炸彈燒盡的深邃原生林裡棲息的百舌鳥，當成射程遠勝過射手之箭的凶器，當成「留置字條」使用，因此，逃亡失敗的「酉」得以在最後一刻還以顏色。讓如同箭矢射出的鳥飛進「射手」口腔，報了一箭之仇。不過，以羽毛筆寫下的字條，變成了悽慘的遺書——而且比分第三次成為雙倍差距。

（戰士2——戰犯4）

（第九戰——終）

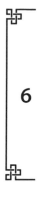

第十戰

wear goat's horns

本名梧桐・瓦爾奇利。一月一日出生。身高一四五公分，體重二十八公斤。罪名：非法持有兵器罪。母親懷孕時被反步兵地雷波及而炸碎。還在肚子裡即將誕生的她同樣被炸得四分五裂，卻在非法又不人道的醫療技術發揮之下縫合完整。她本人懷疑當時或許誤將母親的許多部位縫合給她。幸好縫合手術好像沒留下後遺症，但是嬰兒時期下意識植入的「胎教」造成嚴重損害，她長大之後依然害怕直接踩在地面行走，平常都坐輪椅過生活。母親去世，父親從一開始就不詳的她，後來在各個國家被買被賣被擄被抓，因而待過世界各地，對於世界各處不受教訓持續爆發的戰爭愈來愈感到厭惡。後來被某個瘋狂科學家收養的時候，她訂下「除去世界上所有地雷」的目標，利用網路知識製作出超強力的地雷——炸飛一切吧。四分五裂吧。人類這種生物別存在比較好。

1

即時戰況——比分／2—4
（死亡順序・殺害人數・殺害者）

十二戰士——
×「子」（1・0・「牡羊」）
×「丑」（2・0・「牡羊」）
×「寅」（3・0・「雙魚」）
×「卯」（4・0・「牡羊」）
×「辰」（5・0・「射手」）
×「巳」（6・0・「射手」）
×「午」（7・0・「雙魚」）
×「未」（8・0・「巨蟹」）
×「申」（15・4・「雙魚」）

×「酉」（17・1・「水瓶」）
○「戌」（生存中・1・／）
○「亥」（生存中・2・／）

十二戰犯——

×「牡羊」（14・3・「亥」）
×「金牛」（11・0・「申」）
×「雙子」（9・0・「申」）
×「巨蟹」（16・1・「戌」）
×「獅子」（10・0・「申」）
×「處女」（12・0・「申」）
×「天秤」（13・0・「亥」）
○「天蠍」（生存中・0・／）
×「射手」（18・2・「酉」）
○「摩羯」（生存中・0・／）
○「水瓶」（生存中・1・／）
○「雙魚」（生存中・3・／）

2

「亥」之戰士異能肉清楚記得初次見到砂粒那時候的事。（只不過，那個惹人厭的女人，應該完全不記得那時候的事吧——居然說「我們不知何時就成為好友對吧，簡直像是一起出生長大的」這種話，真敢胡說八道。）那是異能肉在如同鮮血與泥土混合成泥沼的戰爭最前線站哨時發生的事——在放眼望去如同不毛泥沼之沙漠地帶布陣的部隊，「亥」之戰士被派遣為祕密戰力。為了在即將展開的大規模軍事作戰先發制人，他們在國境附近紮營——只不過，追求優雅與高尚的她，將洋溢氣質的床搬進帳篷，惹得自己人很不高興。然而，原本以為會前來的敵方大隊，過了再久都沒有出現——取而代之從沙丘另一側前來的，是一名嬌小的少女。就某種角度來看，或許應該計算為「三人」，但還是應該說「一人」吧。要將她抱著的「兩顆人頭」當成人數一起計算是強人所難——當時的異能肉不是第一次上戰場，也不是會被人頭嚇到的菜鳥。令她驚訝的是少女手上的人頭——那對男女的人頭，是鄰國國王與王妃的人頭。

「滾開。」

眼神毛骨悚然的嬌小少女無須這樣恫嚇，異能肉以及她參加的部隊，二話不說就讓路——真是不得了的通行證。不用說，這名嬌小少女就是後來成為和平主義者，被全世界視為英雄的「申」之戰士砂粒——她就這麼徒步走到首都，和國家領袖當面談判。長年相互侵略的宿敵夫妻首級擺在桌上，國家領袖啞口無言，後來成為「和平主義者」的少女，當時似乎是這麼說的——「為了結束戰爭，我拜託這兩人死掉——請他們砍下彼此的頭。你憎恨的夫妻已經不在世間。看在他們自我犧牲的分上，可以請您立刻宣布戰爭結束嗎？」相傳她就這麼不改語氣，繼續平淡這麼說。「而且，如果您在這之後切腹獻出生命，兩國應該會共同步上和平之路吧。」……如果只看結果，砂粒只犧牲三人，就將這場感覺會永遠持續的戰爭——對於戰士而言堪稱優渥的飯票——引入終結，所以這成為和平主義者初期象徵性的傳說流傳至今。她以最低限度的犧牲，拯救數千萬的性命。將雙方陣營的首腦化為字面所述的首腦——做為和平的旗幟高舉。她述說的崇高理念，使得不把人當人看的傲慢王族夫婦以及推崇戰鬥至上的殘酷獨裁者們感動落淚，為了人民與和平決意一死——世人編出這種莫名其妙的佳話。然而身為目睹行進過程的當事人，異能肉忘不了那毛骨悚然的表情——忘不了被她簡短恫嚇之後，連槍都不舉就放她通行的那段往事。（徒步走幾千公里的路途又怎樣——居然說她手上夫妻的頭顱掛著溫和的微笑，簡直是天大的謊言。）只不過，比起這種虛構粉飾的「佳話」，砂粒實際上的活躍更加荒唐無稽，亂七八糟，洋溢著諷刺的幽默——畢竟她失敗的次數也不算少，甚至曾經反而擴增損害。尤其她初期作風強硬，只要能實現和平就無視任何後果的粗暴手法引人注目。單方面初遇之後，不知道基於什麼緣分，兩人不知為何經常在戰場遇見，但砂粒無論在哪裡都只以實現自己的理想為目的，她在己方的時候總是令人擔心，在敵方的時候總是令人煩躁——無論是將她視為英雄的人，或是將她視為敵人的人，異能肉認為大家都被那個惹人厭的女人騙了。異能肉認為只有自己知道那個惹人厭女人的真面目。在冒出這種想法的時間點，就已經被那名策士玩弄於股掌之間，即使如此，異能肉還是不得不討厭她——不怕惹人厭，甚至把眾人的愛戴都當成和平工具的她，是異能肉打從心底超討厭的對象。非常討厭，超級討厭，無比討厭。異能肉發誓總有一天要殺掉她，也好幾次差點被她殺掉——這種時候的砂粒真的毫不留情，在這種時候，她的無情令異能肉感到開心。大概是因為異能肉按照統計數據知道她露出這種態度代表交涉順利進行，或者是因為不知道從何時變得常保笑容的她——當時抱著兩顆人頭的恐怖表情已不復見的她，覆蓋在主義底下隱藏的真心話似乎被異能肉激發出來。（殺掉妳的會是本小姐——這種丟臉的臺詞，她讓本小姐講了好幾次。）為什麼經常在戰場相見？這問題問得真荒唐——因為那個惹人厭女人可能在場的戰鬥，異能肉都會主動加入，如此而已。那個女人明明不把這邊視為勁敵——從第一次見面至今，她肯定從來沒把異能肉放在眼裡，總是只注視不存在的和平。因此對於異能肉來說，十二大戰是期待已久的舞臺——為了獲得參賽資格，甚至殺掉了親妹妹。這一切都是因為只要在這場戰爭裡，就可以盡情和砂粒殺個你死我活——肯定可以。這段熾烈的恩怨肯定可以做個了斷。明明應該是這樣，卻改成團體戰？和樂融融的聯手出擊？笑死人了。異能肉實際上也笑了。居然隱約覺得規則設定成這樣還不賴，這樣的自己有趣得不得了。原本無論在哪裡以何種方式遇見都要開殺，即使如此，想到她像那樣死在面前，想到再也沒辦法殺她，異能肉不得不首度察覺內心冒出殺意以外的情感。（好啦好啦，承認就行吧？反正本小姐就是愛上妳了——又傻又惹人厭又任性的這一點，本小姐超愛的。妳這個傻子肯定不希望為妳報仇，所以本小姐不這麼做，但如果可以任意實現一個願望，我就放棄坐擁後宮，許下讓妳復活的願望吧。）

妳才應該別瞧不起冠冕堂皇的好聽話。

（容本小姐懇切說明，妳不是什麼好友——是不知何時成為的戰友。）

3

在有毒百舌鳥棲息的原生林——本來是原生林，如今是慘不忍睹的焦土——「亥」之戰士異能肉雙手架著大口徑機關槍站在中央，保持一定距離觀察她的是「天蠍」之戰犯蹦髑髏與「水瓶」之戰犯傀儡瓶。雖然自以為堅守安全距離，但是面對戰士沒有「安全」可言，兩人不久之前才體會這個道理——三人一組共同行動的「射手」戰犯無上射手，甚至被企圖在敵前逃亡的戰士毒殺。戰士果然不是浪得虛名。「即使直接的死因是摔死——哎，就算不是毒鳥，一般來說，鳥在胃裡作亂都會沒命吧。」穿雨衣的戰犯感慨地說。由於不確定機關槍的射程，所以他盡可能保持距離，製作出簡易的望遠鏡——以「水」製作透鏡。「河蟹專家被殺果然是一大損失。雖說不是唯一，但失去頂尖的智將，變成普通的硬碰硬大戰之後，這邊處於壓倒性的不利。即使人數勝過對方，好像也沒在實戰經驗勝過對方。」「這是在挖苦嗎？」「天蠍」戰犯打趣地說——不知道以何種罪狀指名通緝，全身穿著亮面裝甲的戰犯，說起話來意外風趣。「我確實是暗殺者，不過幾乎沒有『戰鬥』過喔——總是依照命令不戰而殺。」聽起來像是偽裝過的逗趣聲音，甚至有點裝模作樣。「哪是挖苦，我是哭喪著說現在只能靠你了喔。」傀儡瓶說完補了一句。「不過我的淚水是武器。」「哭得出來的感性——真羨慕你還殘留這種人性。」「如果只看數字，剩下的戰士共兩人——不過這邊的手法終究被看透了。既然她像那樣站在樹木燒光，視野良好的焦土備戰，這邊無論有多少人都無法夾擊。如果射手先生還在，應該也可以從遠處攻擊吧——」剩下四人的戰犯這邊，現在分成兩個雙人組（正確來說是三人組與雙人組各一，但「射手先生」不在了，所以是兩個雙人組），相對的，「酉」逃亡之後只剩兩人的戰士這邊，看來是分頭各自行動——不知道是「戌」與「亥」討論之後擔心同時被殺……或者單純是剩下的兩人個性不合到無從討論。無論如何，分頭行動比較棘手——與其以二對一的構圖打兩場，傀儡瓶個人更希望以四對二的構圖一場解決。就算這麼說，要是和「摩羯」與「雙魚」會合，打兩場四對一的戰鬥，那麼這邊也會背負全滅的風險——好啦，這下子怎麼辦？「沒有王牌嗎？甚至對河蟹專家保密的祕中之祕。」「有是有，但我不想用。而且在這個距離做不到。必須比斷罪兄弟那時候更接近目標——」「像是把空氣中的水分壓縮成水刀之類的？」「不是那麼帥氣的招式，不過，至少可以確定只要命中就是致命傷。」「那麼，就這樣決定了。決定用這個絕招吧。」「只是，對方沒破綻啊？」「沒破綻就製造破綻吧。這是我原創的作戰。我來吸引對方的注意力。不是二對一，是打兩場一對一——你趁我被殺的時候接近過去就好。」「你想先死？我太羨慕你了，了不起。」「當然囉，因為我是暗殺者啊。」

4

（總覺得會想起第一次遇見那個惹人厭女人的沙漠——）以備戰姿勢朝著三百六十度全方位警戒的「亥」之戰士異能肉，相當牽強地如此心想。實際上也很牽強——「未」之戰士必爺以「醜怪送終」燒光的原生林化為寸草不生的焦土，但土依然是土——不是砂。（不是砂粒——真意外，本小姐這樣的人物，居然會變得如此感傷。）她也認為這份感傷會成為戰士的致命傷——甚至認為即使在這場十二大戰獲勝，就算順利存活下來，自己或許也不再擁有戰士的資格。（那個惹人厭的女人先走一步之後，本小姐居然變得如此脆弱——如果是本小姐先死，那個惹人厭的女人應該只會覺得「真可惜」，立刻切換心情吧。）總之，正因為砂粒是這種戰士，兩人才得以一直來往至今。（只不過，因為砂粒的死而受到最大打擊的，其實肯定是戰犯他們。那個和平主義者，當時如果就這麼繼續談判，應該找得到和十二戰犯的妥協點——）既然怒突先殺了河蟹專家，談判破裂就是無法避免的結果，即使如此，只要砂粒活著，雙方讓步的界線肯定存在於某處。（不過，就算這麼說，那個惹人厭女人臨死之前的表情意外地平穩——

還以為她的本質更加貪生怕死。與其說平穩，不如說像是「既然這樣就沒辦法了」而死心——死心？對什麼事情死心？）

「『天蠍』之戰犯——『不願之殺』蹦髑髏。」

來自地下。異能肉朝著前後左右三百六十度全方位提高警覺，戰犯卻像是突破她的盲點，噴灑災後樹林的焦黑沙土登場——對於戰士來說，這當然不是盲點。包括空中與地下，她都沒移開注意力——既然有飛天的魔法少女，那麼有鑽地的鼴鼠也不奇怪。（既然在沙漠，應該說是蠍子吧——「天蠍」之戰犯暨暗殺者，蹦髑髏。）異能肉回想起這個名號，朝著像是沖天砲般竄出來的亮面黑色物體，毫不留情以機關槍掃射——「花彈如流水」。不必擔心缺彈的無限射擊。令她感到舒暢的「愛終」反作用力。亮面黑裝甲轉眼之間粉身碎骨——同一時間，異能肉反手握著另一把機關槍「命戀」，朝著背後開火。連瞄準都不用的前後同時射擊——忘我的兩面。說起來，她不必提高警覺，也不必集中注意力——身體會擅自反應。（反正是一個人當誘餌，一個人從背後接近，是這種作戰對吧——！）她已經確認「射手」戰犯在斷崖下方被刺穿的屍體。屍體周圍的海面飄著羽毛，所以應該是企圖逃亡的庭取下的手——剩下四名戰犯。應該會是一場二對一、兩場一對一吧——她就是為此和怒突分頭行動。她和怒突並不是在這座島才第一次見面（交戰），不過就某方面來說，也是因為怒突看起來不是處於最佳狀況，和他搭檔並非明智之舉……對於誤判的誤導順利成功了。異能肉確實稱不上智將，但好歹會動腦——她在開槍之後，比子彈晚一步轉身一看，正如預料，有人在她後方中槍往後飛——是一個裸體人。（裸……裸體？）不只是臉，包括上半身、下半身與手腳都已被打成蜂窩，所以從背後接近，而且同樣是從地下冒出來的這名刺客，年齡與性別都完全無從得知——不可能得知這是沒人看過的暗殺者——蹦髑髏的真正面目與外型。

脫掉的制服從前面射向天空，自己以一絲不掛的樣子從後面竄出——這是「蠍」蛻皮之後，以「蠍」與「蠍」進行的夾擊。

（糟了——）葬送許多重要人物的黑暗暗殺者，就這麼由異能肉親手送上西天，但她表情僵硬——居然中了這種騙小孩的伎倆。（感傷果然是本小姐的致命傷——砂粒，妳的死對妳來說是一種遺憾——對本小姐來說卻是死因。）「花彈如流水」——即使子彈的數量無窮無盡，但是既然武器是兩把機關槍，槍口的數量就受到限制，只有兩個。兩個槍口已經用在前後兩方向的這一剎那，不可能沒敵人不會趁虛而入。

「『水瓶』之戰犯——『溼身而殺』傀儡瓶。」

不知道是從哪個角度，五根溼滑的手指觸摸她的後頸。還以為會被掐死——但是並沒有。

5

操控水的戰犯傀儡瓶——能將斷罪兄弟各自背在身上的液態氫與汽油清空，也能用水壓將跳進海裡的庭取壓扁。然而，若要控制人類體內流動的「血液」，就必須接近到零距離——必須犧牲「兩隻」蠍子。但是只要接近到對方的個人空間以內，這邊就穩操勝算。在體內血液全部蒸發之後，不可能有戰士還能繼續戰鬥——不可能有戰士還能繼續存活。傀儡瓶靜靜俯視趴在焦土的異能肉。「這麼一來，只剩下一人了——但我們也只剩下三人。」繼「射手」之戰犯無上射手之後，「天蠍」之戰犯蹦髑髏也被殺，所以終究得和「摩羯」與「雙魚」這對搭檔會合才行——盡可能避免單獨行動，如今已故的河蟹專家訂下這個基本方針。傀儡瓶氣都不喘一口，水也不喝一口，轉過身去。

「『亥』之戰士——『殺得精采』異能肉。」

轉過身去的瞬間，他中槍了。「花彈如流水」——絕對不是以水組成的鐵製子彈，如同豪雨貫穿他。「愛終」與「命戀」——只有兩個的槍口都朝向他，毫不留情噴出槍口焰。「本小姐——嚇了一跳。嚇一跳倒在地上——說來悲哀，衣服髒掉了。雖然早就聽聞有戰犯會操控水分，卻沒想到連人體的水分都能介入。不過，你不知道嗎？」槍聲停息，異能肉一邊拍掉塵土，一邊以優雅的話語總結。「高貴如本小姐，全身上下只有子彈『如流水』——沒公布這件事對本小姐來說是一種遺憾——對你來說卻是死因。本小姐可是沒血沒淚喔。」

6

當然，「亥」之戰士異能肉體內的血液之所以沒蒸發，並非因為她是沒血沒淚的戰士——傀儡瓶的攻擊對她不管用，是基於完全不同的原因。「水瓶」戰犯的技術確實恐怖——擁有這種能力的人位於敵對勢力，只能說是一種不幸。然而既然這樣，傀儡瓶也應該考慮到自己也可能遭遇這種只能說是不幸的事態——自己做得到的事情，是別人也做得到的事情，不只如此，或許有人做得更好。溼答答的罪犯應該保有這種謙虛心態。

若要舉某人為例，比方說——比方說，「申」之戰士砂粒。她在修行時代，遇見如同在民俗傳說登場，近乎虛構的三仙——水猿、岩猿與氣化猿，接受薰陶學成出師的她別說液體，甚至連固體或氣體都能自在操控。所有「狀態」——物質的「三態」都在她的掌上，在她的掌中。不過，要求自己成為和平主義者的她，將這份能力當成禁忌封印——確實，只要使用這種萬能技術，大部分的戰爭肯定都能以力量鎮壓，但她領悟到以力量鎮壓只會產生更強的力量——能操控物質三態的這種仙人，應該說這種戰士要是廣為人知，接下來應該會研發操控真空的戰鬥兵器吧。這是戰力通膨，反倒必須打造出不需要這種力量的世界才對——砂粒以此警惕自己。沒有力量的正義是無力的——她想以自己的一生否定這句話。面對任何困境，即使會因而產生摩擦，也不使用更勝於對方的暴力。不同於溼答答的戰爭罪犯，這份不講理的制約，和平主義者當成自己少數的驕傲。

直到臨死之際。

砂粒舔拭競技場的地面，朝著跑向將死自己的老友使用禁忌的防禦術式，幾乎只是一種反射動作。雖說是禁忌，卻不像「戌」之戰士對「酉」之戰士使用的藥物「一騎擋千」，毫無負面的副作用。頂多就是異能肉得知明明沒拜託卻被砂粒做這種事的時候，自尊心會嚴重受傷吧——所以砂粒沒告知自己多管閒事，擅自對她的血液進行液體操作的防範措施。沒留下任何的死前訊息。正因為重視優雅洋溢氣質的她一反作風跑過來，砂粒才會雞婆這麼做——明明立誓即使自己心臟停止都不會使用，卻在最後的最後毀約，但是砂粒覺得這種事一點都不重要了——所有人視為英雄捧上天崇拜的和平主義者砂粒，只有異能肉在最靠近的位置一直表達厭惡——一直在粗暴的和平主義者身旁擔任冷眼旁觀的批判者。即使只有少少的百分之一，只要能提高她的生存率……只要能讓她多活一秒，砂粒就心滿意足。其實我好喜歡一直討厭我至今的妳——

「……剛才情急之下裝死的時候，聽到像是流水汩汩流出的那段獨白，可以判斷『酉』的敵前逃亡應該失敗了。雖然感覺不太能和那個姑娘成為好朋友，不過聽到她的死也挺悲哀的——就以本小姐的願望順便讓她復活吧。乾脆也讓其他成員全部復活。簡直是照抄某人的作風。」仔細確認骷髏與傀儡瓶死亡之後，沒血沒淚的戰士以誇張的動作，重新以雙手架起兩挺機關槍，用力大喊——總而言之，原本慘不忍睹一面倒的第十二屆十二大戰，至此達到同分的局面。「哈，怎麼樣啊！隊長，分數追上了喔！」

（戰士2——戰犯2）

（第十戰——終）

第十一戰

秋陽急沉如吊瓶

本名湯瑪斯・B・托爾茲。二月二日出生。身高一七六公分，體重六十二公斤。罪名：縱火罪。崇拜被當成戰場英雄流傳世間的十二戰士，自己也想搏命奮戰，具備少年特有的熱血個性，但他居住的地區是屬於政治空白的非戰鬥地區，得不到戰鬥的機會，也沒有活躍的機會。感覺毫無意義的訓練不斷累積，少年對此終於感到不耐煩，著手進行看似敵襲的縱火行為。自己縱火，然後自己滅火——完全是自導自演的手法，但他似乎擁有偽裝造假的天分，成為一定會出現在失火場所的奇蹟打火英雄，受到當地媒體的報導。久而久之，他追求的火焰從星星之火變成燎原之火，從燎原之火變成毀滅之火，第一次滅火失敗的時候，自己的故鄉完全化為灰燼。為了掩飾這次的失敗（失火），他毀掉防砂壩，將故鄉連同周邊的政治空白地帶沉入湖底。這次的偽裝行動也維持好一陣子沒被識破（應該說沒人注意這件事），然而說來諷刺，戰爭結束之後，經過勝利國的查證，他過去的惡行全被揭穿。戰後任職於第三國淨水設施的他，為了擺脫前來抓他的本國搜查官，在不只自用也出口到海外的飲用水下毒，引發大混亂之後趁機逃走。長大之後的他和小時候想像的判若兩人。因此，他身穿的雨衣是防火材質，如同兒時至今的安全毯永不離身，代表著昔日縱橫於烈焰火場的回憶。

1

和斷罪兄弟一樣，怒突自稱「極度近似戰犯的戰士」，但假設兩者的界線在於「是否吃過彈劾懲戒官司」，那麼怒突不得不思考一個問題。（「極度不近似戰犯的戰士」究竟是什麼樣的傢伙？）——若將戰爭本身看成人類的巨惡，那麼無論基於何種形式，參與這場血腥鬧劇的戰士，應該不可能是「正義夥伴」吧？殺害人類，破壞建物，焚燒草木，毒害海洋，撲殺動物，汙染空氣，製作殺人工具，擬定有效戰略，搾取民眾，彈劾親友，消耗資源，逮捕俘虜，人道拷問，散播敵意，煽動自軍，欺騙敵軍，搶奪武器——然後將人類殺害，殺害，殺害，殺害。如果不考慮時間或場合，那麼到頭來，這些所作所為幾乎都符合犯罪標準。只是因為處於緊急狀態，處於戰爭狀態才允許這麼做，不然一般來說盡是被叮嚀「不能做」的事情——即使是標榜理想的和平主義者，也很難在戰場一直保持無罪身分。實際上，在本次的第十二屆十二大戰，「申」之戰士砂粒也造成不少人死亡，由此可見一斑——在談判桌上演的心理戰，如果是在平時進行，就等同於彼此都想詐騙對方，總是嚴厲看待和平主義者的那個機關槍射手，肯定會如此斷言吧。怒突沒看開到這種程度，也無法看開到這種程度——他認為界線這種東西有跟沒有一樣。不，他甚至沒想過這種事。確實，他當成副業的人口買賣，即使在戰時也違反法律——甚至是忤逆國家。怒突姑且是使用不觸法的管道，他即使可能算是戰犯，卻也不是傻瓜——但若他沒看出「某些特定孩童」的天分，沒將這種「商品」放上合適的販售管道，那麼只代表這些「商品」遭到「廢棄」。怒突完全不想主張自己的理念或熱情，但如果有人要求他「即使害得孩子們餓死也要堅守正義」，他即使不至於出言反駁，也會暗自心想「這是在說什麼鬼話？」即使有人宣稱不允許他拿孩子們當成填飽肚子的工具，他也沒有讓孩子們填飽肚子的方法——總之怒突很清楚，這種想法只不過是自我肯定的手段。「雖然可能不是最佳方法，但是參與的人們都會受益」這種雙贏關係只是偽善。在這個嚴苛的世界裡，有些偽君子嘴裡說著「即使是偽善也比什麼都不做好得多」卻比壞人還要偽善——怒突經營的這種買賣也是，被父母拋棄，被世間拋棄，或者甚至也被道德拋棄的孩子們，怒突覺得無論是見死不救或是給他們一個痛快，事後恐怕都不是滋味，才會開始扛下這個職責——將他們的權利分割販售。就某種意義來說，也是「之後就不關我的事」的看開心態——只不過，雖然話是這麼說，自己所作所為的結果像這樣血淋淋擺在面前還是很難受，內心相當煎熬。（雖說「之後就不關我的事」，實際目睹始末還是會倒抽一口氣。認為「只要現在好就好」拖延至今的報應，以這麼易懂的方式來臨了——）就是這麼回事。怒突沒想過會變成這樣。步調亂到現在，完全沒有好轉的跡象。啊啊，說真的，為了殺掉其他的十二戰士實現「唯一的願望」，意氣風發登陸這座島的時候，他完全沒想過居然會變成這樣——

「『摩羯』之戰犯——『病態之殺』天堂嚮導。」

「『雙魚』之戰犯——『留命再殺』終結醫師。」

遭受大規模的轟炸，加上三架戰鬥機墜落，導致連地基都炸得粉碎的古城遺址，在城堡瓦礫與戰鬥機鐵片層層堆疊的中央區域，「戌」之戰士怒突正和兩名戰犯對峙——形容為「對峙」不太對，因為怒突禁不起兩人花式般的聯手夾擊，陷入困境狼狽不堪，好不容易逃到這裡——真是丟臉丟到家了，我都討厭起我自己。不過，既然他的戰鬥方式「毒殺師」完全不管用，就應該預測到這種演變。戰犯那邊的終結醫師是使用相同手法的學生，那麼怒突準備或調合的所有毒素都會被解毒——這邊也擁有同樣的條件，女醫處方的所有毒藥都對怒突無效。基於這層意義，不能斷言他在分頭行動之後抽到下下籤——不過，演變成和兩名學生交戰，只能說是冥冥中的因果——是因果報應。（總之以目前來說，「毒」是躲得掉的——所以問題在於另一人——天堂嚮導。）坐輪椅的她是地雷師。島上各處已經早就設置地雷，她在戰鬥中也一直在地面埋入無數各式各樣的地雷——失去「酉」之戰士「鷹覷鶻望」的魔法飛毯，在這個節骨眼是一大損失。（因為狗基本上都是在地面跑——真是的。終結醫師的「毒」就算了，我可不記得曾經把這種邪惡技術傳授給妳啊。）不只如此，怒突對天堂嚮導這個學生沒什麼印象，老實說，甚至不太記得是在哪裡賣掉她的——這樣的漠不關心與不負責任，才造就現在這種異常熟悉卻吃虧的困境嗎？她後來是度過什麼樣的人生，才許願要在地面埋滿地雷，導致狂熱的戰爭罪犯誕生？（她後來是度過什麼樣的人生——不對，到頭來，我也是這傢伙坎坷人生的一部分。）即使像這樣直接交戰沒有外人介入，這兩名學生好像也沒認出恩師——這個事實更折磨怒突的靈魂。如果這是電影，怒突應該會在這時候洗心革面——不過這是十二大戰，所以也不能講這種話。為了迴避地雷攻擊，怒突移動到瓦礫與鐵片山。正如預料，在這種不穩又不平的踏腳處，技術再怎麼高明也難以設置地雷，但輪椅少女對於寸步難行的地形絲毫不以為意，和女醫一起追擊過來——怒突還得一直將持續噴灑過來的粉末解毒，所以到最後連喘口氣都做不到。（搞不懂，她們兩個居然喘都不喘——難道使用了祕藥「一騎擋千」？）若是如此，就可以理解戰犯之中特別缺乏戰場經驗的這兩人為何能存活到大戰的最高潮。她們將不知道會產生何種副作用的毒藥，打入自己的體內——

「你——該不會覺得我們可憐吧？覺得我們變成罪犯很可憐？」

終結醫師就這麼保持距離詢問——沒停下腳步，如同和天堂嚮導交錯，持續進行不規則的行動，就像是要盡量分散這邊的注意力。「看你沒什麼幹勁——難道說，是在同情我們的身世？既然這樣，看在同為『毒殺師』的交情，你趕快死掉比較省事。」「理想的方式是積極踩地雷。」天堂嚮導也這麼說。「這樣不錯喔。算是做了好事，也是做了壞事。」「…………？」（算是做了好事，也是做了壞事？）這是什麼意思——怒突明明正覺得事到如今無法改頭換面，甚至無法後悔。「畢竟除了你，還有別的戰士得殺——那個機關槍大姊……蹦髑髏與傀儡瓶兩人聯手的話，基本上應該沒問題，不過和平主義者被殺，好像讓那個機關槍大姊火冒三丈……不覺得那樣很奸詐嗎？」「奸詐奸詐。」雖然是在問怒突，但天堂嚮導搶先附和。不提先後問題，怒突聽不懂這番話，所以無從回答——什麼事情奸詐？確實，「亥」之戰士似乎對砂粒的死大受打擊，後來的舉止和先前聽到的傳聞不同。「我只是羨慕那些可以用『其實是好人』或『本質是好人』這種說法洗白的人——和我們這種壞人不一樣。」「…………」這是用來試探的對話——應該說是試著打擊內心。嘴上說得像是拒絕憐憫，但是只要這邊有所猶豫，就以話語布下防禦網——做得很徹底。確實是徹徹底底的惡徒，令人著迷。到了這個地步，怒突覺得反而體認到戰士與戰犯的顯著差異——罪犯。只因為面對昔日學生就慌張的怒突，或許無法成為完美的罪犯。或許有其極限。「『毫無選擇的餘地而殺』是『雙子』的名號，不過十二戰犯個個都是這樣吧——我們沒有『選擇』也沒有『餘地』。說不定連『的』都沒有——說不定什麼都沒有。無論走哪條路都是相同的末路。」「……那麼，妳們想要什麼？」感覺要是默不作聲就會逐漸被逼入絕境，（實際上也被逼入絕境就是了——）「妳們之所以戰鬥，究竟是想要什麼？想做什麼？」所以怒突這麼問——這是砂粒在競技場談判時再三追問的事，但是到最後依然沒得到答案——還是說在臨死之際得到了？那個大名鼎鼎的和平主義者，居然那麼輕易被殺——很難想像她毫無收穫就被殺。「回答啊。妳們參加十二大戰是基於什麼目的？說了也無妨吧？告訴我吧。反正無論是哪邊會贏，大戰也很快就要結束了。」怒突並不是想要答案才希望對方說明，應該說怒突已經不想再知道這兩人的任何事，但還是繼續對話下去，想藉此回復體力。「妳們勝利之後會得到什麼？金錢？還是名譽？」故意提這種俗氣的獎賞是為了挑釁，但是得到的回答也太隨便了。「什麼都得不到。」回答的是天堂嚮導——她看起來不像終結醫師那麼能言善道，這句回應聽起來像是毫無心機的真心話。「即使戰勝存活下來，也沒有好處。這樣就好——最好不要有。」（——沒有好處？那我真的猜不透了，她們來做什麼的？如果是被營運委員會逼迫參加，不可能不向和平主義者的大姊求助——無論怎麼想，她們都是積極參加的，甚至不算是客串。）「呵呵，也對，是時候該說明了。我們為什麼闖入這次的第十二屆十二大戰——是的，那無疑是十二年前的事。」如同打斷搭檔的發言，終結醫師開始說得滔滔不絕。很明顯是幌子。之所以這麼說，是因為她明顯在白袍暗處取出針筒——雖說明顯，但始終因為怒突是「毒殺師」才能察覺這個動作，但也正因如此，怒突得以察覺另一件事，而且另一件事的威脅性大得多。（那……那傢伙，難道要朝自己的靜脈再打一針「一騎擋千」？）打一針就可能產生攸關後續人生的副作用，不顧後果的這種興奮劑，她居然想多打一針——這是即使當場暴斃也不奇怪的瘋狂舉動。不過藥效可望達到四倍以上吧。單純的蠻力甚至凌駕於那個「趕盡殺絕的天才」——「丑」之戰士失井。（不過，失敗就會死——但這些傢伙不怕死。我已經徹底認知這一點了。她們認為只要任何一人活下來就算勝利——）「說到十二年前，是的，我當時迷上一部動畫——」面對口若懸河的她，怒突沒有猶豫的餘力了。也沒有等待體力回復的餘力了。

「『戌』之戰士——『大口咬殺』怒突。」

說時遲那時快，怒突咬向自己的手臂，然後搶先注入——將祕藥「一騎擋千」注入體內。不顧後果的興奮劑——幾乎是第一次的自我施打，立刻產生效果。（嘖——為什麼我要下這種危險的賭注——）答案很明顯，因為終結醫師再度自我強化成功的話，勝負在這個時間點就會決定——絕對不是為了阻止她下這種危險的賭注，自己才會下這種危險的賭注。總不可能是為了這種事，自己才會搶先跳躍，以利牙咬向昔日學生的喉頭——

「『狂犬鋲』——！」

「戌」之戰士怒突撲到終結醫師身上的這個時候，大量子彈灑向他的身體。

2

「——？」明明是從墜落戰鬥機的機翼暗處瞄準「雙魚」戰犯終結醫師的身體，兩挺機關槍射出的子彈卻悉數打在突然衝出來的「戌」之戰士背上，使得「亥」之戰士異能肉驚慌不已——敵人沒放過這份慌張。不知道是原本就確定這邊的藏身位置，還是從子彈出處推測，終結醫師不知何時拿在手上的針筒，以相同路徑投擲過來——雖然不到「射手」戰犯的程度，但這是女醫的孤注一擲，針頭一次就成功插入異能肉的頸動脈。（不妙，她這個「毒殺師」對本小姐注射某種東西——）即使焦急，但是在這個時間點，異能肉還有餘力關心剛才誤射的怒突。既然「沒血沒淚」的自己足以抵抗「水瓶」戰犯的攻擊，應該撐得住毒藥的注射——所以異能肉有餘力分心，直到她確認針筒是空的。（空氣注射……不對，這是……真空注射？）操控物質三態的戰鬥技術廣為人知之後，將會出現更上層樓的戰鬥技術，例如操控真空的戰鬥技術。戰力通膨。「申」之戰士封印己身仙術的理由之一，在這裡以這種微小的形式開花結果，成為新次元的概念。真空將「亥」的血液與水分完全維持原本的「狀態」，卻如同吸血鬼抽離身體──使她一口氣陷入缺血「狀態」。（包下整座海上都市──從古城到原生林都毫不惋惜破壞殆盡──甚至拿出飛彈與戰鬥機相互廝殺到最後──卻單純以「什麼都沒有」的真空分出勝負？）異能肉無法接受──但是反過來說，什麼樣的死法才能接受？十二星座的戰犯們，為什麼大多是以接受的心態死去──還有，砂粒為什麼像是死心般死去？異能肉完全不知道。（真是的……本小姐的死因，原來是和妳的友情啊……本小姐感到很高興就是了。）被真空吞噬，被灌入真空的她，在最後的瞬間許下這個心願。（如果還有來世……下次，本小姐將在九年後繼續優雅。）

3

「終姊，妳做了什麼？」「多虧視力以祕藥強化，我發現『亥』之戰士匍匐接近過來，躲在戰鬥機的機翼暗處──我覺得二對二實在沒勝算，才進行魯莽的豪賭。」「我在這種地形沒辦法使用地雷，所以實際上是一對二。只要妳一聲吩咐，我就可以當誘餌的說。」「因為我來當誘餌比較輕鬆——我以自豪的話術引開『戌』的注意力，移動到機關槍的射線。我相信既然同為『毒殺師』，我再怎麼偷偷拿出來，『戌』也會發現我的針筒——如果我假裝要對自己注射，他肯定以為我要重複施打而焦急。雖然沒預料到他也使用『一騎擋千』，但是我只要想辦法在『戌』殺我的同一時間進入射線，子彈肯定不是解決戰犯，而是戰士。」「然後，趁著『亥』射殺自己人而慌張的時候，用注射還以顏色？有夠傻眼的。這計畫的成功率大概兩成吧？」「成功率低一點比較有趣吧？如同從背後刺殺比較有趣……哎呀？」「終姊，怎麼了？」「『戌』之戰士好像是我的同行，所以原本期待他掉點寶物給我……但他撲向我的時候，藏在牙齒的好像是麻醉藥。」「麻醉藥？不是致死性的劇毒？」「嗯。換句話說——」「換句話說？如同早就知道是陷阱卻幫忙擋子彈的這個狗大叔怎麼了？」「看來這個狗大叔太害怕我重複施打，不小心用錯藥了。明明思考能力肯定也提升，卻發生我實在無法想像的嚴重醫療疏失。」

是 bad dog。

「好啦，天妹。雖然出乎意料陷入苦戰，不過能在這裡殺掉兩人，以結果來說是好事，甚至是僥倖。是一石二鳥——是的，『鳥』。只剩下最後一個戰士了——我們去殺

『酉』之戰士庭取吧。」「嗯。最好不要有。」還不知道「最後一個戰士」逃亡到最後慘遭溺斃的兩人，在接下來的十二小時左右一直在島上徘徊到精疲力盡。包括這段俏皮的小插曲——沒有勝利的咆哮，也沒有勝利的慶宴，第十二屆十二大戰就此分出勝負。

在層層堆疊，罪罪堆疊的屍山盡頭，星座群不足為提的犯罪計畫即將揭曉。

（戰士0——戰犯2）

（第十一戰——終）

終戰

水至清則無魚

終結醫師◇

「想要白老鼠。」

本名諾可坦恩・不二。三月三日出生。身高一六三公分，體重四十九公斤。罪名：違反醫師法。她無與倫比的才華是在環境惡劣的集中營嶄露頭角。乳臭未乾的孩童以手邊現成工具為室友們治療傷病的樣子令人刮目相看，應該說討人歡心，她的醫術被當成舞臺表演般看待。不是在手術臺，而是在劇場舞臺治療的患者人數超過四位數。和主辦這種表演節目的營長結婚之後獲釋，但她沒多久就毒殺新郎全家，後來隱藏身分與年齡，在戰場各地的野戰醫院工作。不擇手段的犀利醫術使她揚名全世界，不過當然違法。同時，她至今暗中進行的各種人體實驗也公諸於世。不喜歡因為年齡被瞧不起，所以總是維持成熟的妝容。基於這樣的原委，她也著手研發顯老（不是抗老）的化妝品。身為「毒殺師」的技術（醫術）也活用在該領域。飼養加卡利亞倉鼠與金倉鼠，名字分別是艾德雷納林與淋巴。

1

最終戰績——比分／0—2

（死亡順序・殺害人數・殺害者）

十二戰士——

×「子」（1・0・「牡羊」）

×「丑」（2・0・「牡羊」）

×「寅」（3・0・「雙魚」）

×「卯」（4・0・「牡羊」）

×「辰」（5・0・「射手」）

×「巳」（6・0・「射手」）

×「午」（7・0・「雙魚」）

×「未」（8・0・「巨蟹」）

×「申」（15・4・「雙魚」）

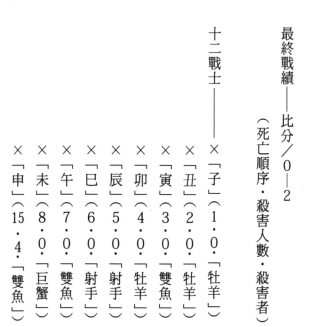

×「酉」（17・1・「水瓶」）
×「戌」（21・1・「雙魚」）
×「亥」（22・4・「雙魚」）

十二戰犯——

×「牡羊」（14・3・「亥」）
×「金牛」（11・0・「申」）
×「雙子」（9・0・「申」）
×「巨蟹」（16・1・「戌」）
×「獅子」（10・0・「申」）
×「處女」（12・0・「申」）
×「天秤」（13・0・「亥」）
×「天蠍」（19・0・「亥」）
×「射手」（18・2・「酉」）
○「摩羯」（生存・0・／）
×「水瓶」（20・1・「亥」）
○「雙魚」（生存・5・／）

2

「戰績如上，第十二屆十二大戰就此結束！十二生肖戰士與十二星座戰犯熱烈上演的團體戰，最後結果是十二星座戰隊略勝一籌！Everybody, clap your hands!」「不像。」

對於「雙魚」戰犯終結醫師的模仿，「摩羯」戰犯天堂嚮導不悅板起臉尖酸批評——兩人在戰鬥舞臺的人造島繞了好幾圈，確定沒有任何一名戰士，也沒有自己以外的戰犯還活著。這裡是終結醫師最初溼答答爬上岸的沙灘海岸線——她親手殺掉的「寅」之戰士屍體已經找不到了，看來是被漲潮的海水沖走，或者是在某個時間點由「酉」之戰士進行「鳥葬」。被患者吐槽的女醫似乎不太好意思。「應該不會一點都不像吧？別看我這樣……」她開始解釋。

「別看我這樣，我在大舞廳說明規則的時候，十二戰士全都以為我是評審杜碟凱普。」

不過當時動了一些「整型手術」就是了——她進而補充像是辯解的這句話。使用藥物改變聲音，不只年齡，連性別都偽裝，為了出現在眾人面前，還進行幾乎是電影特效的化妝——堪稱挑戰醫療極限的那種「模仿」，若有人第一眼就看穿還比較驚人。當然，不同於一樣在大舞廳假扮「子」之戰士的友善綿羊，這始終是物質層面欺騙視覺的喬裝，所以這種模仿的絕對條件，在於齊聚場中的十二戰士都是第一次見到杜碟凱普。杜碟凱普在第十一屆十二大戰也擔任評審，不一定沒戰士認識——例如繼承上一屆優勝者「亥」之戰士名號的異能肉——所以這種模仿依然是一步險棋。「溜出古城之後，不小心差點撞見漫無目的閒晃的『寅』之戰士，當時我真的緊張死了——由於沒有時間卸妝，所以我一時情急跳海，在海裡換裝，用自製的防水面膜重新做臉。多虧這樣，我被當成標新立異登場的怪咖。」「我想這部分沒問題。反正我們隊裡有魔法少女也有新娘，這樣反倒成為很好的偽裝吧？」「不要和他們相提並論好嗎……」換句話說，就是這麼回事——第十二屆十二大戰的規則：「十二生肖戰士對十二星座戰犯」。所有人都覺得不對勁，和往例大異其趣的這種反常規則，說明這種規則的評審杜碟凱普，真實身分是終結醫師。所以主題脫離常軌也是理所當然。

因為這一切都是造假。

第十二屆十二大戰，不是由營運委員會或是「有力者」們，而是由他們十二戰犯自己舉辦的——之所以對戰士們發布「不問生死」的規則，部分原因是要讓一開始抱持懷疑態度的和平主義者感到混亂，不過基本上只是設定一個對戰犯有利的規則。所以假設戰犯全軍覆沒，由戰士那邊獲得勝利，當然也不會各自獲得「實現任何一個願望」的權利——戰犯這邊當然更不用說。既然這樣，他們十二人，若將「雙子」算成兩人就是十三人的罪犯們，為什麼要為這齣自導自演的造假戲碼賭上性命？不，這甚至不是賭，是消費。罪犯們為這齣造假戲碼消費性命——一生僅此一次的犯罪計畫，真相如下。

3

昔日的和平主義者——檯面上與檯面下都從第一線退居的「巨蟹」戰犯河蟹專家，對自己提拔出來的十二星座戰犯進行以下的演講。這是已經分別一對一面談完畢之後的誓師大會，所以與其說這是演講，不如說是經歷分享。「摩羯」戰犯與「雙魚」戰犯也在場。「犯罪行為與英雄行為在戰時是渾然一體。非戰時期明明會為了和平而宣稱要和睦相處，戰爭時期卻會為了和平而下令殺人——暴徒莽漢一夜之間成為巨星，不被原諒的屠殺獲得禮讚，不人道的行為也只要說是緊急事態就得到原諒。當然，人類自古以來就不斷爭戰至今，這是歷史，是正史。和平是一種奢侈品，戰時的英雄經由後世的解釋，沒有反駁的餘地就遭到制裁，或許這才是異常——所以這部分不過問。戰爭誕生戰士，戰爭誕生英雄，這沒問題——問題在於誕生戰爭的罪犯。在於我們罪犯。」河蟹專家以感覺不到衰老的堅強語氣繼續說。甚至像是忘記紳士舉止的這段演說，這段賣力演說，意味著他是「認真」的。非紳士的語氣——因此和在場戰犯們處於對等立場的這種語氣何其真摯。「聚集在這裡的十二星座，或多或少都是沒戰爭就不會誕生的罪犯——是因為戰爭而出現的戰爭罪犯。不是文字遊戲，如同沒戰爭就沒有戰災，沒戰爭就沒有戰犯。戰犯是順應局勢而存在。戰爭使得壞人成為英雄，另一方面，戰犯成為壞人藉以維持平衡。」如同煽動情緒的這番話，沒人做出強烈的反應——因為無須他人強調，所有人都明白這種事。沒有一天不希望戰爭消失。但這種想法等同於希望自己別誕生在這個世界——然而，只有河蟹專家不這麼認為。

「所以，一起根絕吧。根絕戰爭吧。」

如同邀請進行犯罪計畫那時候，河蟹專家以同樣的態度說出同樣的話語——包括「摩羯」與「雙魚」，沒有其他星座說得出比此更打動人心的話語。標榜著就某種意義來說，連「申」之戰士砂粒都沒有實際懷抱，堪稱終點的這種目標，老紳士——不，戰爭調停人開始說明實現這個非凡夢想的具體計畫。「為此，要粉碎近期即將舉辦的第十二屆十二大戰。戰爭之中的戰爭，戰爭之上的戰爭，世界各地所展開各種戰爭的象徵——每十二年舉辦一次的十二戰士之戰，這場十二大戰，由我們親手摧毀。」他如此宣布——如此宣示。如此宣戰。

「以我們骯髒的手，將十二大戰摧殘到不成原型。」

最初聽到這個計畫的時候，天堂嚮導與終結醫師感覺本應早已死去的內心情感微微沸騰，但依然覺得這是天方夜譚——粉碎十二大戰？摧毀？兩人不認為這種事能成功，假設真的成功，讓眾多戰爭中的一場戰爭停戰，究竟做得了什麼？是要介入十二大戰，獲得勝利，許願世界和平嗎？不過，河蟹專家的目標沒這麼膚淺，而是更深——他冒出的詭異氣焰是更深邃的黑暗。「這不是奸計，是惡作劇。當然，占據十二大戰的我們即使獲勝，也不會得到實現願望的權利——這樣就好。因為說起來，就是這種豪華獎品導致戰爭每天爆發。」最好不要有任何獎品——「巨蟹」這麼說。「『因為心情不好就這麼做了』——以此做為我們的動機吧。」

4

①舉辦假的十二大戰，②召集十二生肖的戰士，③殺光他們。

一言以蔽之，十二戰犯的計畫就是這三個階段——在堪稱戰爭之象徵的十二大戰，堪稱戰爭所造就之英雄的十二戰士被普通的罪犯殺光。天底下還有比這更痛快的以小搏大嗎？戰士的價值將在這一瞬間暴跌——戰士的意義將化為烏有。甚至必須驗證戰爭的意義——甚至令人覺得一頭熱投入這種被罪犯集團摧殘的大戰荒謬至極。「申」之戰士砂粒擔憂過，開發新的破壞兵器，只會招致開發更新的破壞兵器，但是投注重金使用最尖端技術開發的兵器，要是敗給隨處可見的路邊竹掃把，就無法維持開發的動力。名留歷史的戰爭會被愚弄，偉大的英雄會被當成笑柄。下剋上簡直是最棒的——這種嘗試簡直是最爛的。終結醫師對「寅」之戰士說「要占據十二大戰」，基本上是用來拖延時間的話術，卻也不完全是胡說八道。所以砂粒再怎麼尋找和平的道路，也絕對不可能達成——因為十二戰犯的目的正是要殺光十二戰士，所以不可能有妥協點。不過與其說是目的，不如說是手段——戰犯們不是憎恨戰士們，而是憎恨戰爭本身。但是為此無論如何，都必須將十二戰士趕盡殺絕——即使這個目標對於不是「趕盡殺絕之天才」的罪犯們來說何其困難。

在反常的十二大戰殺光偉大的十二戰士，就無法舉辦正規的十二大戰——沒有戰士就無法進行戰爭。

也就是強制罷工，是無法挽回的休業。每十二年舉辦一次的十二大戰——持續至今的例行公事只要毀掉一次，就等於毀掉十二年後，二十四年後，三十六年後，一百二十年後，一千兩百年後，一萬兩千世紀後的戰爭，也等於將至今十一屆的十二大戰平等摧毀。當然，戰犯們的心思因人而異——內部有摩擦，也有不一致。例如有雄獅公子這樣無法擺脫戰鬥榮譽的人，也有史爵士這樣想找機會拉攏數名戰士當同伴的人。有尋找葬身場所的人，也有只想一死的人。雖然當事人們無從得知——就算可以得知也不想主動得知吧——河蟹專家選擇還年輕的「摩羯」戰犯與「雙魚」戰犯加入這個大計畫的原因，在於她們和「戌」之戰犯有段恩怨。即使兩人覺得無所謂，只要對方記得，這就會成為遺恨。為了盡量提高勝率——實際上以結果來說，這成為分出勝負的一大要素，總之無論如何，戰犯這邊並沒有團結到堅如磐石。最底限的共通點在於「沒戰爭該有多好」的心情，而且光是這樣就足以讓眾人同心協力。

「『牡羊』之戰犯——『細數而殺』友善綿羊。」

「『金牛』之戰犯——『立誓而殺』非我莫視。」

「『雙雙子子』之之戰戰犯犯——『毫毫無無選選擇擇的的餘餘地地而而殺殺』雙雙生生之之心心。」

「『巨蟹』之戰犯——『紳士之殺』河蟹專家。」

「『獅子』之戰犯——『統治之殺』雄獅公子。」

「『處女』之戰犯——『服侍之殺』鋼鐵侍女。」

「『天秤』之戰犯——『伺機而殺』史爵士。」

「『天蠍』之戰犯——『不願之殺』蹦髑髏。」

「『射手』之戰犯——『瞄準而殺』無上射手。」

「『摩羯』之戰犯——『病態之殺』天堂嚮導。」

「『水瓶』之戰犯——『溼身而殺』傀儡瓶。」

「『雙魚』之戰犯——『留命再殺』終結醫師。」

說到不夠團結，十二大戰的營運委員會以及出資的「有力者」也不例外——他們找到協助者了。應該說，正因為接洽到這名人士，得以依賴他的協助，所以河蟹專家即使年事已高，依然決定重操舊業吧——第十二屆十二大戰參賽者的內定情報、主持大戰的評審情報，甚至是邀請函的材質與設計。雖然這樣依然稱不上完美，但是能得到的情報全得到了。暗自向「有力者」借一座島之後，舞臺準備好了——戰鬥也準備好了。再來只需要相互廝殺。反常的團體戰，非正規的多對多。

說明假的規則，解釋不公平的主題。

然後隨著鼓掌，真實的戰鬥開始了。

5

「兩人嗎？結束之後就覺得自己意外撿回一條命了。」終結醫師像是毫無實感這麼說——實際上也毫無實感。河蟹專家擬定的作戰包括許多分歧，構思得鉅細靡遺，即使如此，戰犯這邊勝利的機率，再怎麼高估也不到百分之一吧。這個數字終究令人笑不出來，簡直在說打一百場能贏一場就是奇蹟——無法相信現在正和天堂嚮導像這樣注視太陽沉入水平線。甚至覺得即使在這一瞬間，十二戰士的某人也會說著「嗶哈哈哈！真的以為老子翹辮子了嗎？」而復活——不，他們之中沒人會這樣怪腔怪調。「不可以活下來。」天堂嚮導像是責備終結醫師的感慨般說——像是提出第二種意見，像是警告，像是責備般說。「我們也得死。」「啊啊……說得也是。我們也得死。」明明是非常重要的事情，卻差點忘了。

終戰之後自殺，犯罪計畫就大功告成。

即使殺掉十二戰士，要是結果導致十二戰犯陰錯陽差被拱為英雄，那就本末倒置了……不必說什麼陰錯陽差，像是開膛手傑克這樣，罪犯被視為英雄的傾向不算稀奇——「因為心情不好就這麼做了」的犯行反映時代局勢，被當成隱含某種思想的大功勞般流傳後世……唯獨這種結果一定要避免。被當成怪人就算了，他們可不想被當成紅人。基於這層意義，這場戰爭沒有勝利者就好。即使沒有勝利者，只要有犯罪者就好。所以成員們從一開始就決定了。無論戰勝或戰敗——或是被活捉——最後要以所有人死亡收場。這樣的誓言打亂十二戰士——主要是砂粒——的計算。不是覺得「死了也無妨」的敢死隊，是覺得「終於能死了」的想死隊。把生命當數字看待的原因也在於此——所以對於「把生命當成什麼？」這個疑問，戰犯們可以這樣回答：生命是消耗品。像這樣在沙灘感傷，也不會有船來接送。所有人都是買單行票來到這座島。「要是在這裡繼續苟活，我們或許會以遞補或預備的身分獲選為十二戰士。察覺我們進行劇場型詐騙的營運委員會，要是派真正的評審過來，真的可能變成這樣——原本擔心以祕藥『一騎擋千』強化心理之後會不想死，不過看來沒這回事。即使變得聰明，也沒有變得正常。意思是我們就是這種傢伙嗎……」「對。最好也不要有我們。」「何況在現代，比起被戰災或犯罪害死的人，自殺身亡的人數據說比較多。輕鬆死掉的藥與痛苦死掉的藥，妳要哪一種？」「比起藥，我想用地雷。畢竟明明到處都埋了地雷，到最後卻沒有任何人踩到。」「真可惜。希望前來調查的營運委員會有人踩到。也對，既然這樣，至少我們來踩吧。可別變成自殺禮讚，裝作不小心誤踩吧。」「這樣，遜得超棒。」「對吧？」話是這麼說，但其實她們已經等於踩到天大的地雷——因為這次是未經許可擅自舉辦十二大戰。不講理的這陣餘波，應該不會只按照河蟹專家的計算在走。無論如何，被迫從原本計畫大幅變更的部分也很多——敬畏的戰士被普通罪犯殺光感覺很痛快，但這或許意外是一種痛恨。戰爭或許不會因為這樣而根絕——戰士不在之後，或許會招來更天翻地覆的亂世。未來不得而知，因為即使今後有幾億條路線擴展開來，她們也必須在這個分歧點不負責任拋棄一切而死。（「沒戰爭該有多好」這種句子，終究是藉口——即使戰爭根絕，我們也肯定會成為罪犯吧。至少不應該將一切怪到戰爭頭上。）能斷言的只有一件事。「沒戰爭該有多好」「沒戰爭該有多好」「沒沒戰戰爭爭該該有有多多好好」「沒戰爭該有多好」「沒戰爭該有多好」「沒戰爭該有多好」「沒戰爭該有多好」「沒戰爭該有多好」「沒戰爭該有多好」「沒戰爭該有多好」「沒戰爭該有多好」，各自背負自己的前科，一直抱持這個念頭的可惡罪犯們，透過異端的十二大戰許下這個願望。

願世間沒有戰爭。

「那麼，來死吧。自己殺掉自己吧。」「我不想說這是自殺，應該是自決。因為是自己決定的事。」「這樣不錯耶。遜得超棒。這麼說來，我這輩子第一次自己做決定。」「天妹，如果可以實現任何一個願望，妳會許什麼願望？」「我想到學校上學。」「這樣啊……『學校』是什麼？」

6

可以實現任何一個願望的十二大戰，以及無法實現任何一個願望的十二大戰——十二大戰與十二大戰的對戰就這樣完結了。戰士與戰犯消失到一個都不剩。戰爭與犯罪還沒消失。

（戰士0——戰犯0）

（十二大戰對十二大戰——終）

嬉文化

十二大戰對十二大戰

（原名：十二大戦対十二大戦）

作　者／西尾維新　插畫／中村光　譯者／張鈞堯
執 行 長／陳君平　執行編輯／石書豪
榮譽發行人／黃鎮隆　美術主編／李政儀
協　理／洪琇菁　國際版權／高子甯、賴瑜妗

出版／城邦文化事業股份有限公司　尖端出版
臺北市南港區昆陽街十六號八樓
電話：（〇二）二五〇〇—七六〇〇
傳真：（〇二）二五〇〇—二六八三
E-mail: 7novels@mail2.spp.com.tw

發行／英屬蓋曼群島商家庭傳媒股份有限公司城邦分公司　尖端出版
台北市中山區民生東路二段一四一號十樓
電話：（〇二）二五〇〇—七六〇〇（代表號）
傳真：（〇二）二五〇〇—一九七九

中彰投以北經銷（含宜花東）／楨彥有限公司
電話：（〇二）八九一九—三三六九
傳真：（〇二）八九一四—五五二四

雲嘉經銷／威信圖書有限公司　嘉義公司
電話：（〇五）二三三—三八五二
傳真：（〇五）二三三—三八六三
客服專線：〇八〇〇—〇二八—〇二八

南部經銷／威信圖書有限公司　高雄公司
電話：（〇七）三七三—〇〇七九
傳真：（〇七）三七三—〇〇八七

香港總經銷／城邦（香港）出版集團有限公司
香港灣仔駱克道193號東超商業中心1樓
電話：（八五二）二五〇八—六二三一
傳真：（八五二）二五七八—九三三七
E-mail：hkcite@biznetvigator.com

馬新總經銷／城邦（馬新）出版集團　Cite(M)Sdn.Bhd.
E-mail：Cite@cite.com.my

法律顧問／王子文律師　元禾法律事務所
台北市羅斯福路三段三十七號十五樓

二〇二〇年七月一版一刷
二〇二四年七月一版二刷

■中文版■

郵購注意事項：
1. 填妥劃撥單資料：帳號：50003021戶名：英屬蓋曼群島商家庭傳媒（股）公司城邦分公司。2. 通信欄內註明訂購書名與冊數。3. 劃撥金額低於500元，請加附掛號郵資50元。如劃撥日起 10～14日，仍未收到書時，請洽劃撥組。劃撥專線TEL：(03) 312-4212 ・ FAX：(03) 322-4621。E-mail：marketing@spp.com.tw

國家圖書館出版品預行編目資料

十二大戰對十二大戰 / 西尾維新 著 ;
張鈞堯 譯. --1版. --臺北市：尖端出版, 2020.07
面 ; 公分. --(嬉文化)
譯自:**十二大戦対十二大戦**
ISBN 978-957-10-5816-0(平裝)

861.57　　109006851